Mapas de asfalto

Carmen Peire
Mapas de asfalto

© Carmen Peire, 2024
Autora representada por la agencia literaria La Caprichosa
© de esta edición, Menoscuarto Ediciones, 2024

ISBN: 978-84-19964-24-3
Dep. Legal: P-226/2024

Diseño de colección: Echeve
Fotografía de portada: © Santiago Vaquero
Corrección de pruebas: Beatriz Escudero

Impresión: Gráficas Zamart (Palencia)
Printed in Spain — Impreso en España

Edita: MENOSCUARTO EDICIONES
        Cardenal Almaraz, 4 - 1.º F
        34005 PALENCIA (España)
        Tfno. y fax: (+34) 979 701 250
        correo@menoscuarto.es
        www.menoscuarto.es

Este libro se ha elaborado con papeles con certificado forestal que
controlan el origen de la materia prima provenientes de montes
sostenibles, garantizando el respeto al medio ambiente.

A Ignacio, Diego y Eva, la vida pese a todo.

A Leo, Martín y Telmo, el futuro que no veré.

«Bajo las aceras, templando como un pulso, bajo los edificios temblando como un grito, bajo la pérdida de tiempo o el casco de la bestia sobre los huesos rotos de las urbes, siempre habrá algo que crezca como crece una flor, eterno, brotando de la tierra, siempre inmortal, fiel, que saldrá a la vida de nuevo como abril.»

No hay puerta, THOMAS WOLFE
(Traducción de Amelia Pérez Villar)

ESTÁN AQUÍ, han venido a verme. ¿Qué les digo yo ahora? Me sienta bien tener visitas, son jóvenes, transmiten una energía que ya no tengo. Pero he temido este momento y he deseado durante mucho tiempo que no tuvieran interés en mí, en lo que pueda contarles. Así que, cuando los he visto, me he echado a temblar. Ahora no me queda más remedio que cumplir mi promesa. He de poner en orden mis ideas, he de sacar fotos y remover el pasado para que ellos puedan proyectar su futuro. Si no hubieran venido, no tendría que desenterrar los recuerdos, algunos dolorosos, otros dulces y reconfortantes, aunque no sé, a estas alturas de mi vida, cuáles son los que dominan. ¿Por qué no me dejan tranquila?

Ya puestos, van a saber solo lo que yo quiera contarles. Y no lo haré de golpe, sino poco a poco, recreándome. De paso podré paliar el aburrimiento. Es lo único que tengo en esta residencia, aburrimiento y monotonía, a lo que añado la inutilidad del tiempo que vivo, lo que quise realizar y no conseguí, lo que renegué por todo ello. He aceptado que soy vieja, con todo lo que conlleva. Mi perspectiva ahora es otra y, desde luego, envejecer no es para cobardes. Cuando era más joven, me pasaba el día arrepintiéndome de las cosas que no había hecho, de aquello que no me atreví a vivir: saltar en parapente, sacarme el carné de capitán de barco, dar la vuelta al mundo sola, hacer la revolución, aprender idiomas o comprarme una máquina de coser. Ahora no. Ahora me arrepiento, sobre todo, de los errores. Entre ellos, el que cometí con Montse, mi mayor pecado, mi mayor arrepentimiento. Dicen que de los errores se aprende, me parece una soberana tontería, a mi edad. Los errores conllevan mala conciencia, impotencia, incapacidad de rectificar por falta de tiempo. Me arrepentí hace mucho y cuando quise enmendar lo que hice mal, me encontré la puerta cerrada, no pude rectificar y llevo ese peso desde entonces. No me preocupa la soledad y, aquí, en esta residencia, hay mucha, aunque parezca que no, que la compañía es constante. Podría seguir rumiando mi tristeza, pero ya que han venido y me veo obligada a contar lo que no quiero, aprovecharé sus visitas para desempolvar poco a poco la memoria, revisar apuntes que debo de tener por algún lugar y ser lo más fidedigna que pueda, no sé si a los hechos o a los recuerdos, que para mí son lo mismo. Si en algo me equivoco, es por mis fantasmas, que tamizan la realidad de tal modo que lo que creo que ocurrió a lo mejor no es cierto. Y lo que es cierto, a lo mejor es imaginación.

Cuando todos los días son iguales, cuando parece que lo único que espero es cómo y cuándo desapareceré, vienen a remover el pasado y me toca ser otra vez parte de ellos. Qué jóvenes son. Y qué diferentes, pese a tener la misma edad. Entre nosotros se va a establecer una relación vertical, yo la contadora, ellos los que escuchan, yo la activa, ellos los pasivos, yo la que sabe, ellos los ignorantes. No es buen modo de establecer confidencias, no quiero herir sentimientos o endulzar lo que ocurrió. Me gustaría encontrar ese punto medio, esa voz discreta y sugerente, que los anime a indagar, que los mantenga en vilo, que sea capaz de intrigarlos. Tienen derecho a saber y a no perder la esperanza. Aunque sea por todos los que ya no la tenemos. Para qué tantas molestias, me pregunto. Es por ella, por Montse, por su recuerdo, porque se lo prometí, pero lo haré a mi manera, ella no se va a enterar, aunque los muertos estén presentes, al menos los míos, parece que me observan, que esperan el día en que me reúna con ellos para ajustar cuentas. Y qué si lo hacen. Les he sobrevivido a todos. Que se jodan. Yo sigo aquí. Tengo vida. Achacosa, reumática, pero vida. Insulsa, aburrida, hastiada, pero estoy viva. ¿Qué necesidad tengo yo de contar todo esto?

EMPEZARÉ POR Hércules, ya sabréis por qué a su debido tiempo. Lo conocí al llegar de su pueblo, acaso una pequeña aldea de nuestra España rural. Debía de ser a finales de los ochenta. Él tenía entonces unos veinte años y yo veinte más. Quería ser barrendero y se había preparado para cumplir con su destino, dispuesto a dejar atrás el olor a cerdo, el trajín de las matanzas, los chillidos del animal, el despiece, hacer chorizos, morcillas, jamones. Cerdos que había criado y engordado para que murieran en sus manos, aprendido el oficio de su padre desde muy chico.

Recuerdo la primera vez que Montse me habló de él. Habíamos quedado a cenar y me fue poniendo al día de los últimos casos que traía entre manos. Y me habló de Hércules, al que habían estafado en su proyecto de cambiar de oficio. Se había presentado en el ayuntamiento como último recurso, una vez ya en la ciudad, cuando en el Departamento de Limpiezas le dijeron que el título que le habían expedido como barrendero no servía de nada, que le habían timado y sacado los cuartos.

Lo primero que hice, cuando me contó lo que le había pasado, fue echarme a reír, hasta que vi la cara de Montse, con esa mirada penetrante que sabía poner cuando se enfadaba. Enseguida cambié de registro:

—Mira que llamarse Hércules... —le dije para cambiar el rumbo.

—Sí, y lo grande del caso es que aún no te he dicho su apellido: León.

Tuve que aguantarme de nuevo la risa, máxime cuando me lo había descrito como un ser escuchimizado, estrecho de hombros, más bien poquita cosa, muy flaco.

—¡Parece un chiste! —contesté.

—No lo es.

Por entonces yo estaba en paro, cobraba el subsidio y tenía bastante tiempo libre, salvo el que me quitaba mi hija. Había ido a buscar a Montse a la salida del trabajo, solía hacerlo a menudo. Vivíamos bastante cerca una de la otra, lo que me posibilitaba regresar a casa andando, aunque fuera tarde, con la niña dormida. A menudo llevaba la comida y cocinaba allí, he presumido de ser buena cocinera, en tanto que Montse era un desastre, no le interesaba nada la cultura culinaria: un filete a la plancha, una ensalada, un huevo frito o pescado rebozado. No había quien la sacara de eso. Era una exquisita en vinos, eso sí, ese era su patrimonio. Siempre sabía qué vino le iba bien a cada comida que yo preparaba y tenía un buen surtido en su casa. A mí me gustaba comer y cocinar, las dos cosas, y fui añadiendo a mi repertorio platos de otras culturas. A los guisos que controlaba por tradición familiar, fui añadiendo el *sushi* o los *makis,* que preparaba con utensilios japoneses y comía con palillos. Las berenjenas al estilo árabe, humus, las tortillitas mexicanas, las hayacas venezolanas, el pollo al *mole poblano*, ensaladas vietnamitas, salsas agridulces, *chutney* de tomate verde... ¿Queréis saber lo que mejor me salía? Lo que aprendí, cómo no, de mi madre: croquetas, arroz con leche, leche frita, todos los pescados, guisos, cocidos, lentejas, además de lo que ya os he contado. Para cenar escogíamos algo liviano. Aquella noche lo más seguro es que hiciera una tortilla de patatas. Me quedaban muy ricas. Y la niña no daba la lata, se quedaba dormida enseguida, en el carrito o en la cama de Montse. Luego la recogía y nos volvíamos a casa.

—Tengo la sensación de que hoy me va a costar dormirme —me dijo al acabar la cena.

—Bah, Montse, no te lo tomes tan a pecho, es solo trabajo.

—Sí, pero...

—No hay peros, ponme un poco más de vino. La verdad, ¡a quién se le ocurre tragarse que para barrer calles hace falta título!

—¿Y a quién se le ocurre pensar que por tener un título vas a tener siempre trabajo?

Me quedé de piedra. Tenía toda la razón, como siempre, máxime cuando yo estaba en paro, pese a mi título universitario. Solo pude contestar:

—*Touché*, Montse, soy una idiota.

—¿Sabes? Ese tipo parece tan poca cosa que me da más rabia que le hayan timado.

—Sí, pero, por lo que me has contado, tiene carácter.

—¿Cuánto dinero le habrán quitado?

—Ni se lo preguntes —respondí.

Cuando a Montse algo le daba vueltas, su cabeza no paraba. Era una idealista, y eso le impedía a veces darse cuenta de que iba a estar todo el tiempo removiendo mugre, rebozando bajos instintos, atendiendo casos que generaban ansiedad y que le propiciaban una visión deformada de la vida. Le faltaba contacto con una realidad más amable, esa en la que no tienes que andar constantemente por el borde del acantilado, donde más abajo, allá al fondo, si tienes un traspiés, caes para rebozarte en miserias. Por aquel entonces trabajaba en Servicios Sociales, en el Ayuntamiento. Lo suyo era vocación. De joven, se veía como un hada madrina, justiciera, heroína de cómic, que conseguiría imponer su visión radiante ante los demás, ayudarlos, asistir a los desvalidos y desafortunados, a todos aquellos a los que la vida colocaba siempre del revés, hicieran lo que hicieran. Ella tenía tres años menos que yo, lo que no marca una diferencia generacional, las dos habíamos entrado ya en una edad en la que nos dábamos cuenta de que la sociedad estaba llena de mierda y ella y yo éramos los palos que se habían inventado para removerla, yo como periodista, ella en los Servicios Sociales. Cuando conseguíamos solucionar algo, nuestra vanidad se veía recompensada. Pero era tan poco lo que podíamos hacer —conseguir una cama temporal, algún subsidio, una beca-comedor para una madre o, en mi caso, un artículo de denuncia publicado en un periódico local o en una hoja parroquial— que ya por aquel entonces la frustración dominaba sobre nuestros aciertos.

—La verdad es que vaya historia, si pudiera escribirla...

—¡Ni se te ocurra! —me respondió Montse.

—Pero es que...

—Dame tu palabra de honor.

—Montse, yo podría...

—¡He dicho que no! ¿En qué lugar me dejarías?

—¿Y más adelante?

—Ya veremos.

Cuando se ponía así, no había que tensar la cuerda. Eso ya lo había aprendido. Lo que le pasó a Hércules era peor que el famoso timo de la estampita, porque en este, el timado pretende ser timador de un supuesto tonto y sale perdiendo. Pero aquí habían jugado con los deseos de una persona por mejorar sus condiciones de vida.

Con las luces apagadas, desde el ventanal del salón, el ventanal del piso que la *tieta* le dejó en herencia, ese que ahora tenéis vosotros, nos gustaba contemplar la ciudad, los tejados, los edificios que delineaban el cielo, el silencio de la noche, la vaciedad que se respiraba, las pocas luces de hogares encendidas. A las dos nos gustaba vivir la noche, pero ella se veía condicionada por el trabajo, sabía que tenía que acostarse, si no, a la mañana siguiente iría como una zombi.

—En cuanto pueda cambiaré de horario —me dijo.

Lo soltaba a menudo. También aquella noche se puso como Escarlata O'Hara en *Lo que el viento se llevó:*

—¡Juro que ni yo ni mis descendientes volveremos a madrugar!

Me eché a reír:

—¡Pero si no tienes hijos! Eso lo podré decir yo, pero tú...

Ironías del destino. Quién nos iba a decir que después... pero no adelanto acontecimientos. Cuando se quedaba absorta, con la mirada perdida tras el ventanal, viajando mentalmente entre los tejados de la ciudad, había que dejarla tranquila: su mente bullía.

—Voy a esperar una semana, a lo mejor vuelve al ayuntamiento.

—O a su pueblo —le repliqué—, y entonces ya no es problema tuyo.

—A lo mejor le puedo conseguir otro trabajo, puede descargar cajas en el Mercado Central.

—¿Y después?

—No sé.

—¿Sabes qué? Me voy a casa. Y tú a dormir, que es tarde y mañana tienes que madrugar.

—Antes de irte, prométemelo.

—Vale, te lo prometo. No escribiré nada, por ahora...

CUMPLÍ MI promesa. No escribí un artículo sobre él, tampoco una novela, aunque sí unas cuantas páginas en las que me fui imaginando cómo había sido su vida antes de llegar a la ciudad. Ahora ya es demasiado tarde para que siga escribiendo. Ya no quiero triunfar. Solo ver pasar los días. En cuanto termine de contaros lo que pasó, esta historia será vuestra.

¿Me preguntáis cómo conocí a Montse? La verdad, no me acuerdo. Sé que fue en el barrio, he tenido la sensación de conocerla de toda la vida. Con ella fue así, no sé si la primera vez estaba en un bar, en una reunión, en alguna cena, en una fiesta, en un concierto o por la calle... Todo eso recuerdo haberlo hecho con ella, pero la primera, primera vez, no. Claro que mi memoria ya no es la que era. Sí recuerdo, en cambio, que, para mí, en aquella época, el barrio y Montse eran lo mismo. Y las vacaciones. Anda que no habremos recorrido sitios, pueblos, nortes y oestes del país, a dedo o en tren o en autobús, en tiendas de campaña o de repente una noche en un Parador para quitarnos la mugre de quince días de excursión y meternos en una bañera llena de espuma y gastarnos en una cena lo que habíamos ahorrado a base de galletas, chocolate y un infiernillo donde calentábamos las sopas de lata. Y las fiestas. Recuerdo una vez, haciendo autoestop por la cornisa cantábrica, queríamos llegar a Bilbao, que estaba en fiestas, pasar por la caseta de Txomin Barullo, con sus camisetas a rayas e instrumentos de cartón. En la carretera nos recogieron tres tíos, bastante pijos, la verdad; terminamos en un descampado, ellos intentando follarnos, aunque conseguimos librarnos; a Montse le salió la vena macarra, en eso era una experta, y los desconcertó. Al final nos dejaron tiradas en la carretera, nos recogió un camión y conseguimos llegar a las fiestas, con un muermo considerable que conseguimos superar con una gran borrachera. Recuerdo empalmar aquella noche sin dormir y continuar la fiesta al día siguiente. De esas, muchas. Y nuestros novios, que a veces compartíamos. Una faena, lo sé, pero teníamos el mismo gusto, nos atraían los mismos chicos. Incluso sin saberlo. Yo me enrollaba con uno y, cuando se lo presentaba, veía que se daban un abrazo, se echaban a reír y me enteraba de que ellos me habían tomado la delantera. Casi siempre era así. Fue una época de conexión en todo, de pensar, leer los mismos libros, ver las mismas películas y salir discutiendo del cine, hablar durante horas como si aquellas conversaciones formaran una tela de araña que nos mantenía unidas, incluso cuando estábamos ausentes o viendo a nuestras familias.

Nos hicimos la firme promesa de mantener nuestra libertad por encima de todo, no sentirnos subyugadas, comernos el mundo y llegar a descubrirlo cuando lo regurgitáramos. No hay mayor amor que el de la amistad verdadera, no hay mejor amistad que el del mayor amor. Ella me presentó a gente, hizo que me integrara en el barrio; mucho de lo que viví y opiné después se lo debo a ella. Siempre fue más reflexiva y profunda que yo. Una auténtica rosa, la flor por antonomasia. Por ella conocí a las personas de las que os voy a hablar, por ella me he acercado a vosotros. Y juntas aprendimos a mantener nuestra independencia en unos tiempos más difíciles que estos para hacerlo.

LA PROFESIÓN de Montse no la querría para mí, aunque la admirase. Me parecía un ambiente de trabajo muy duro, que terminaba distorsionando la propia imagen de quien lo realizaba, como los espejos de feria que te deforman al mirarte en ellos, y te hacen ver como un enano o un fideo de cabeza inmensa, ahora sin cuello, ahora sin piernas.

Luego, con el tiempo, me di cuenta de que también pasaba en otras profesiones, nadie está a salvo de los condicionantes laborales, del personaje que uno ha de construirse para sobrevivir entre los demás, lo que aceptamos a sabiendas de que nosotros no somos así. O eso queremos creer. En realidad ¿dónde está la raya que nos separa a unos de otros? En cierto modo, yo también era la otra cara de Montse en su vida familiar y personal, vidas paralelas y a la vez complementarias. He pensado mucho en ello. Éramos de la misma generación, yo nací en el año 49, ella en el 52 del siglo pasado, se me olvida lo jóvenes que sois. Ella era hija de perdedores de la Guerra Civil, del exilio interior. Yo pertenecí al exilio exterior y no tenía raíces, mantenía aún la esquizofrenia de los que se fueron, viví en el desgarro de la añoranza, de volver a una tierra que no conocía y que decían que era mi patria, aunque no era donde yo había nacido. Tuve la ventaja de crecer sin cartillas de racionamiento, sin miedos, sin hambre, en un país por entonces alegre y próspero. Parte de mi fuerza interior y mi osadía juvenil se han debido a mi infancia, a la falta de temor, a haber crecido sin miedo a las represalias. Cuando estábamos juntas, nos complementábamos. Yo la empujaba, ella me infundía sensatez y profundidad. Somos una generación muy marcada aún por la guerra, no del mismo modo que nuestros padres, que la padecieron, pero sí con sus secuelas y consecuencias, sobre todo por la dictadura. Nacer bajo ella o pasarte toda tu juventud intentando librarte de ese ahogamiento, crea una complicidad especial, y nosotras la teníamos. Conseguí integrarme en este país, olvidé parte de mi niñez, aunque siempre me sentí con un pie en cada lado, para mí lo prioritario fue amoldarme, entenderme en mi nueva configuración, asumir las raíces de mis padres. Me costó, vaya que si me costó. Fui echando por la borda del barco que nos trajo todo lo vivido hasta el momento. Dicen que con la vejez uno rememora más la infancia, y es verdad. Ahora vuelve a mí una y otra vez, con sus olores, con las canciones de entonces, villancicos, joropos y canciones llaneras, las comidas; hay nombres que me asaltan ahora y estaban olvidados, vuelven la avenida de los Próceres, las fiestas familiares, los cantos asturianos de mi madre para no olvidar sus raíces o los poemas de García Lorca, el favorito de mi padre, que recitaba por los pasillos del exilio. El teleférico que nos llevaba al monte Ávila, los saltapericos de carnavales, los raspados, los anuncios de la tele, el *show* de Renny Ottolina, Venevisión, las series que veíamos juntos los primos y hermanos: *Sugarfoot, Mr. Ed, Rintintín* o *La familia Monster,* en blanco y negro, con Yvonne de Carlo y Al Lewis. Los domingos en la playa, chinchorros de palmera a palmera, camisetas y cachuchas para protegerse del sol caribeño, excursiones al Junquito, la sensación de libertad nunca recobrada como en aquella infancia. La vegetación espesa y triunfante, el araguaney, nuestro árbol de oro, las hayacas o el pabellón criollo, las caraotas con arroz... «Volver, regresar», dijeron mis padres. «Abandonar mi país», decía yo. No hubo acuerdo con ellos. Muro infranqueable. Reproches. Nueva alimentación, todo aquello que había constituido mi dieta hasta entonces se fue por la borda del barco. Adiós, pan de maíz; hola, pan de trigo. Yo no había elegido. Lo habían hecho por mí.

Y ahora dejadme, estoy cansada. Continuaremos otro día y así me da tiempo a buscar las páginas que escribí imaginándome cómo había sido la llegada de Hércules a la ciudad. Es lo que os interesa.

HE ENCONTRADO las páginas. Ha sido por pura chiripa: cuando ya desistía, después de remover cajones, me vino la inspiración de la carpeta en la que estaban. Eran las tres de la mañana, me desperté de golpe y visualicé dónde la había dejado, me levanté, fui a la parte alta del armario y la encontré. Así que, tal y como me lo inventé entonces os lo cuento ahora. He revisado y actualizado un poco lo que escribí, quizá para que lo entendáis mejor:

Cuando Hércules emigró, el país empezaba otra etapa. Mientras nos poníamos a la altura de Europa y parecía que dejábamos atrás los años grises y de silencio, él dejaba atrás su pasado para ponerse a la altura de la ciudad. Aspiraba a una situación mejor, y me lo imagino, tal y como escribí entonces, en una mañana de verano levantándose muy temprano, tras una noche pasada a trompicones en la cama, con sobresaltos y la vista puesta en el despertador cada vez que abría los ojos. Seguro que cuando abordaba algo importante dormía mal: la víspera de las matanzas, la víspera de la primera comunión, la víspera de las verbenas cuando imaginaba que iba a encontrar novia; la víspera de las grandes decisiones como aquella de emprender el viaje.

Se observa ante un pequeño espejo en el baño, con el uniforme nuevo. Hércules era tan estrecho de hombros que su ropa se deslizaba como tobogán hacia el codo. ¿Cómo hacer con el mono que estrenaba? La única manera de no perderlo por el camino es subirse la cremallera hasta el cuello, pese al calor del verano. Las mangas le sobrepasan y solo consigue asomar los dedos, dedos amputados de unas palmas invisibles, dedos con vida propia que se mueven nerviosos ante su imagen reflejada en el espejo.

Intenta retener esa mañana, quiere llevarla en su memoria, guardar para sí el aire que lo envuelve, las brumas matinales que asoman por la ventana, el humo de la cocina. Todo ello le acompañará en el viaje, será algo a lo que aferrarse cuando le falte el ánimo. Quiere memorizar lo que ha visto otras veces sin darle importancia: el cielo cambiante del amanecer, sus nubes rosáceas; el color pajizo de los trigales segados y el verde de las encinas romas; el silencio previo al trinar de gorriones, alondras y petirrojos; el baile de los vencejos, el susurro de los chopos con el viento. Oye el trajín de la madre en la cocina preparando el desayuno mientras su padre da de comer a los cerdos. Él ya no lo hará más.

¿Por qué, cuando está a punto de conseguir su objetivo no logra sonreír? ¿Por qué tiene esa comezón en el estómago y pasea nervioso con el uniforme puesto? Sus utensilios de trabajo, al igual que el uniforme, venían en un catálogo que le han enviado junto al título. Lo que más le había costado decidir fue el cubo: toda una tarde viendo tamaños y precios. El mejor era uno grande, a la altura del pecho, de aluminio y tapadera en luna menguante para que sobresalieran los palos; tenía además ruedas incorporadas. Pero resultaba muy caro y, en vez de comprarlo por correspondencia, apañó uno de la tienda de ultramarinos, lo ató sobre unas ruedas encontradas en el vertedero y abolló la tapa por un lado para dejar espacio a los palos de la escoba y el recogedor, como en el modelo del folleto. Quiso dejar constancia de su propiedad: marcó sus iniciales a punta de navaja en el borde interior. Cuando consiguió suficiente hondura, rellenó con pintura roja e instauró su modelo: H. L. Hércules León. Único e intransferible.

Se despide de su madre entre fogones, dos besos secos y una caricia en la mejilla, una mirada fugaz que ella le rinde y media vuelta a sus quehaceres. Nunca ha sido el favorito, eso lo sabe y lo tiene asumido desde chico, así que no espera mucho más, salvo la tartera que le alarga en el último momento. Sus hermanos aún duermen, se había despedido la noche anterior, y es su padre quien lo acompaña al pueblo.

Las pisadas de los dos hombres van marcando un ritmo que el cubo se encarga de romper cuando choca contra el suelo. Padre e hijo van en silencio, como es costumbre en ellos. Nada dicen, todo lo sienten: el padre, la pérdida de una ayuda inestimable, la del hijo que tan bien conoce el oficio, transmitido a su vez por su padre y el padre de su padre, una cadena que se rompe y, con ella, el desgarro interno, algo roto también dentro de él. En Hércules, la pérdida del campo, de la naturaleza en la que ha crecido, el conocimiento de hierbas y plantas que le ha sido transmitido, los distintos cantos de las aves, los árboles de los que se ha despedido el día anterior, abrazando su tronco, adiós encina, adiós pino, adiós olmo, adiós chopos de la alameda. Y las ventiscas, nevadas, lluvia, rocío, mosquitos, calor. Solo por un momento, Hércules vuelve la vista atrás. De los tejados salen humos matutinos y avista el de su hogar: la ventana de su habitación está abierta y su madre ha apoyado el colchón en el alféizar para batearlo. Siente que borran de golpe su pasado. Un pasado masculino salvo por su madre, ninguna hermana que tuviera amigas en el pueblo y que le hubiera facilitado el contacto con el otro sexo, el deseo, el acercamiento en la poza del río, en las verbenas. Nada de eso le ha sido familiar.

Antes de llegar a la plaza del pueblo, de donde salen los autobuses que comunican con el mundo, su padre se detiene y se quita la boina para darle el último abrazo. Quiere decir algo, abre la boca, suelta un suspiro y vuelve a cerrarla. ¿Qué pensaría en ese momento? Los pájaros volaban del nido, pero hubiera esperado algo así como un «que tengas suerte, hijo», o «escribe» o «no te olvides de nosotros». Pero nada salió de sus labios y nada respondió él.

La ciudad había sido algo ajeno, que su padre solo visitó una vez, cuando estuvo hospitalizado, y lo que vio desde la ventana de su habitación fue únicamente un campanario. Esa es la referencia que durante años le ha dado, el campanario, un hospital y la ambulancia de vuelta tras la operación. Con ello tiene que orientar su nueva vida.

Tras la despedida, Hércules sigue el camino hasta la estación de autobuses. Compra el billete y sube al primero que ve con las puertas abiertas. No se atreve a preguntar, no podría deciros si por no hacer el ridículo ante su ignorancia o porque no le salía la voz. Lidiar con todos los sentimientos del viaje que cambiará su vida ha sido para él una tarea más ardua y agotadora que una jornada en el campo. Se sienta en la última fila y de inmediato, antes de que arranque, se queda dormido, con ese sueño evasivo que entra cuando las circunstancias sobrepasan.

AL DESPERTARSE, el autobús está parado en la carretera. Sin pensarlo dos veces, no vaya a ser que arranque de nuevo, baja con sus aperos y se queda en el arcén unos minutos, desorientado, sin saber dónde está, hasta que, en lo alto de un montículo situado a la izquierda, divisa el campanario de una iglesia. ¡Por fin, ahí debe de estar la ciudad! No puede ser de otro modo, la referencia de su padre había sido muy explícita. Empieza a tirar del cubo cuesta arriba mientras la escoba va saltando dentro con la misma agitación y nerviosismo que él. A una cuesta sucede otra y otra y otra. Y no pasa nadie. Qué raro. Se había imaginado el camino de su futuro mucho más concurrido, solo ve sombras, las sombras de las rocas, de los matojos, las sombras de los árboles que hay a los lados del camino, su propia sombra. Sombras que van cambiando de tamaño y orientación, que se alargan según avanza el sol; una enramada de sombras que lo envuelven y le dificultan el andar, cayendo sobre su cabeza y articulaciones, sombras que pesan más que sus aperos. ¿Dónde estaba la ciudad? ¿Dónde la algarabía y los coches que ha imaginado? ¿Se equivocó de camino? No quiere pensar en ello por temor a desinflarse y sigue andando sin nadie a quien preguntar. ¡Pobre Hércules! Nos lo podemos imaginar sudando dentro del uniforme cerrado hasta el cuello, arrastrando el cubo como una armadura que no le protege y que le pesa más de lo que su escuchimizado cuerpo puede soportar.

Al fin llega a la cima y ¡oh, desilusión! Apenas hay casas, algunas aparecen derruidas, con las ventanas cerradas, con hierbajos y enredaderas que cubren las paredes. No hay coches. ¿Cómo es posible? Aquel lugar parece abandonado. Instintivamente se pone a gritar:

—¿Hay alguien aquí?

Solo contesta el eco: quí, quííí...

Pasan unos segundos y vuelve a gritar más fuerte. El eco se envalentona y le responde con más ímpetu, hasta que de la nada surge un hombre, enfadado por su intromisión:

—¿Qué pasa? ¿A qué vienen esos gritos?

—¿Es esto la ciudad? —pregunta Hércules.

—¿La ciudad? ¿De dónde sales, *chalao*? Esto es una colonia abandonada desde que cerró la mina.

—¿Entonces? —pregunta de nuevo.

—¿Entonces qué?

—¿La ciudad?

—¡Anda ya, muchacho! Tras ese monte, en el valle, de donde sale el resplandor. Sube al campanario de la iglesia y la verás.

Hércules se encarama al campanario y sí, allí está la ciudad, ocupando todo el valle, con sus múltiples luces apiñadas, de un lado a otro, como si marcaran las lindes.

¡Qué lejana aún! ¿Dónde estuvo el error? ¿Subió a un autobús que no era el suyo o se equivocó de parada? El caso es que está en un lugar abandonado y la noche cae como una guillotina. Tiene que quedarse allí, no hay más remedio. La temperatura empieza a bajar, refresca por la noche. Quiere preguntar dónde puede cobijarse, pero el hombre ha desaparecido. No se atreve a llamarlo de nuevo ni a ocupar una casa abandonada sin permiso. Temblando, no sabemos si de frío o desolación, emplea el cubo a modo de coraza, esperando protección contra la humedad y usando la tapa como almohada. Al lado del árbol cercano a la iglesia decide dormir y esperar al día siguiente. El sueño tarda en aparecer, aunque al final el arrullo del viento hace su efecto. Se queda dormido y se sueña volando por encima del campanario para llegar a la ciudad.

Pero cuando el andar comienza torcido, cada paso yerra al otro. Pierde el don de volar y se precipita contra el suelo. Se despierta rodando pendiente abajo, la tapa corriendo por su cuenta y el cubo, con él dentro, estrellándose contra una roca, muchos metros más allá. Tiene que subir de nuevo la cuesta con el cubo, buscar la tapa y regresar a por la escoba y el recogedor que se habían quedado apoyados en el árbol.

HÉRCULES LLEGA de nuevo a la carretera general. Se pone a caminar por el arcén, hipnotizado con las rayas blancas, continuas o discontinuas, que dividen el camino de ida a la ciudad o de vuelta a su aldea. Cuando la raya es continua, Hércules decide avanzar. Si se vuelve alterna, una voz en su interior le susurra: «Regresa, regresa». Y así, lo que camina primero, lo desanda después cruzando al otro lado de la carretera.

Una de las veces que gira la vista atrás, ve una sombra enorme que se acerca, dos inmensos faros. Parece... Sí, su vista no le engaña: ¡es un camión de la basura! No puede ser casual, representa la jerarquía de su nuevo oficio, el Alto Mando. El destino está actuando a su favor. Se pone en medio de la calzada haciendo aspavientos con los brazos, las manos escondidas, los dedos como pequeños muñones que pugnan por encontrar más espacio. El camión no tiene más remedio que detenerse para no llevárselo por delante, momento que él aprovecha para acercarse a las dos personas de la cabina:

—¡Barrendero Hércules León, para servirles!

Es uno de ellos, aunque su uniforme sea verde y el de los otros de color naranja. Poco importa, ellos basureros, él barrendero, una diferencia mínima. Con la familiaridad que da el estar entre compañeros de oficio, Hércules pregunta:

—¿Vais a la ciudad?

El copiloto contesta:

—Si quieres que te llevemos, a la parte de atrás, aquí no hay sitio.

Encuentra dos plataformas para poner los cubos de basura. Se encarama a una de ellas agarrando sus aperos con fuerza. Y así, Hércules entra en la ciudad del revés, sin ver lo que tiene delante, solo lo que va dejando atrás. Puede contemplar cómo se acaban los árboles, los eriales y terrenos baldíos que van dejando paso a edificios altos y calles asfaltadas. De golpe proliferan tiendas, coches, gente por las aceras, autobuses, camiones. Todo ello supone una burbuja de ruidos y sensaciones tan nuevas que a punto está de caerse de su atalaya.

Cuando el camión se detiene en las cocheras del Departamento Central del Servicio de Limpiezas, se dirige a las oficinas para pedir destino. Va a empezar desde abajo, pero la entrada en el camión de la basura es una buena señal, su ascenso no tardará en llegar, redaños no le faltan y está dispuesto a hacer méritos. Enseña su título. El empleado del mostrador empieza a hacer gestos raros con las manos: las sube y baja agitando el documento como si se le hubiera pegado a los dedos hasta que, al fin, dice:

—¡Hombre de dios! ¡Para barrer no hace falta título! Esto es falso.

—¿Cómo que falso?

—Pues eso, que es falso, que no sirve. ¿Te enteras?

—Pero si yo... ¡lo he pagado durante tres años!

—Ya, no eres el único. Yo no puedo hacer nada. Si quieres una solución, vete al ayuntamiento, aunque, si vas a reclamar, te diré que esta academia, la que te ha expedido el título, no existe. Otro vino aquí la semana pasada con el mismo papel y ya lo hemos averiguado. Esto es un timo, ¿te enteras? Te han sacado los cuartos para nada.

Es tal el impacto de la noticia que Hércules se desdobla: desde fuera, por encima del despacho, con incredulidad, observa al otro Hércules que se halla abajo, atontolinado, escuchando lo que le dicen. Eso no le puede estar sucediendo a él. A una velocidad de vértigo, revive todo el proceso: el día que se inscribió en la academia, el pago a plazos, el diploma; el gasto de frascos y frascos de colonia barata para no oler a cerdo, el ansia por labrarse un futuro.

Es-ta-fa-do. Es-ta-fa-do. Lo ha repetido varias veces, como si las sílabas eludieran el significado completo de la palabra. Todo había sido mentira. Su certificado, falso; los análisis que le mandaban sobre los tipos de escobas y formas de barrer; las categorías de basuras, orgánicas, inorgánicas, papeles y cartones, plásticos, desechos; el estudio de incineradoras, plantas de reciclado, todo falso. ¿Cómo le puede estar pasando a él?

No tiene a dónde ir, no conoce a nadie en la ciudad, solo puede pedir ayuda y, para eso, debe ir al ayuntamiento tal y como le acaban de indicar. La otra alternativa es regresar al pueblo con el rabo entre las piernas, rabo de cerdo, rabo de porquerizo, rabo de aquellos humanos que nacían con él. No, aún no ha llegado el momento para eso. Le han timado, pero está dispuesto a conseguir su puesto de trabajo, cueste lo que le cueste. Para eso ha emigrado, una emigración de apenas unas horas, sin hacer las Américas, como otros en el pueblo. Aunque su aventura no haya sido tan grande, ha abandonado su lugar de nacimiento, su forma de vida, su familia. Una emigración del campo a la ciudad, con eso le ha bastado. Con eso y su afán de prosperar. Antes de que el abatimiento vuelva a apoderarse de él, pregunta cómo ir al ayuntamiento. Sigue las indicaciones que unos y otros le dan, se equivoca, tiene que rectificar rumbo, alguna marcha atrás, otro poco de frente, hasta que encuentra el edificio.

¿CÓMO PUEDE ser tan simple? Fue lo primero que pensé. Después, no. Según pasó el tiempo me di cuenta de que Hércules no fue el único al que timaron con su oficio. A casi todos nos han engañado con nuestras profesiones, sobre todo los que nos creíamos que con nuestra preparación y empuje podríamos alcanzar las cumbres del Himalaya o de Gredos, según fuera el propósito, pero que nada nos detendría, que por mucho hijo de papá y apellido peripuesto que hubiera, con el tiempo y una caña vendría el escalafón social, la permeabilidad, el codeo de los brillantes, sabios, expertos y merecedores de altos cargos. Te preparas para ser maestro, historiador, médico, actriz, fontanero o electricista, da igual, pensando no solo en aprender, sino en ser capaz de buscarte la vida dignamente con ello y, al final, en muchos casos, te ves abocado a trabajar en cualquier cosa, aunque no tenga que ver con tu titulación. Sucede a menudo. Ahora la situación es peor, lo que os toca a vosotros es resolver lo que nosotros no pudimos, lo que dejamos pendiente. Mi generación ha tenido suerte, conseguimos prosperar, vivimos el fin de una dictadura, aunque luego la democracia fuera una burbujita en nuestras manos con tendencia a escurrirse entre los dedos. Pude vivir mal que bien de mi trabajo, pagar la hipoteca, tener algo que legar a mi hija, y eso, a veces, da la sensación de haber sido útil. No creo que sea lo que os pase a vosotros por la cabeza. Vuestro deterioro está en vuestra juventud, en la escasa edad que tenéis ahora, os domina la incertidumbre mientras os hablo desde el siglo pasado; sois supervivientes de otras catástrofes, casi podéis tocar con los dedos el raquítico futuro: estudiéis lo que estudiéis, salarios que impiden crecer, aunque no seáis bajitos, como los niños de posguerra, cuando las peladuras de patata constituían un manjar. Pero sigamos con Hércules, al fin y al cabo, es a lo que habéis venido: saber quién era y por qué la vida de ese barrendero es tan importante para vosotros.

¿QUIÉN ES ella para contar mi vida de este modo? Los vivos rememoran el pasado cuando los muertos soplamos al oído. Piensan que es su memoria, pero no es solo eso. Ahí estamos nosotros, convertidos en energía, pululando para no ser absorbidos por un agujero negro, el que está en el centro de la Vía Láctea, a veintisiete mil años luz del sol, un agujero negro supermasivo, Sagitario 1, lo llaman. Desde sus alrededores, cerca de su horizonte de sucesos, mi energía flota, formo parte del universo. En esta ingravidez, en este espacio de nadie al que he viajado, me revuelvo cuando percibo esa visión que da de mí, casi parezco un pelele, una marioneta a la que alguien movió los hilos, no siento ser Hércules León, parece que se refiere a otra persona. Quien piense que los muertos no hablan es que no sabe de qué va esto. Hablamos con los huesos, hablamos con el pasado, hablamos desde el otro lado en el que nos encontramos, donde la energía se ha transformado en un mundo paralelo, donde coincidimos con otras energías flotantes, las de todos los muertos. Los huesos abajo y la energía en el universo, que no se destruye, se transforma. En mi caso, las cenizas al viento, abono posterior donde hayan ido a fundirse con la tierra. En lo demás, sigo a la espera. Sí, me dejé timar por inexperiencia, porque la maldad que conocí en el pueblo

era justiciera y directa, de escopeta y muerte, no retorcida, como luego comprobé que ocurría en la ciudad. Aprendí. Vaya que si aprendí. Por eso me molesta que haya empezado a contar mi vida por la etapa de mi inocencia, por el bochorno que pasé al llegar a la ciudad y no por el final. No sé qué impresión se llevarán de mí esos jóvenes. Por cierto, ¿quiénes son? Algo intuyo, una corriente de afinidad y simpatía me llega de ellos, no solo de ahora, aunque no sé precisar el tiempo, aquí todo se mueve por otras coordenadas. Sé que puedo influir con mi energía, intentaré soplar con fuerza cada vez que esté en desacuerdo con lo que diga ella, con la que apenas tuve trato; solo fue amiga de Montse, siempre tuvo un cierto aire de superioridad porque tenía la pluma suelta y se colocaba desde fuera ante lo que ocurría; decía que era un «punto de vista» necesario para escribir. Un punto de vista, un punto de vista. Un punto le metía yo por su vista, una estaca, un puñal, un agujero negro, una galaxia. Vaya cretina. Para punto de vista, el mío, ahora, desde aquí, inabarcable para la mente humana, como antes lo era para mí. Ella es incapaz de entenderlo.

YA TENEMOS a Hércules llegando al ayuntamiento con el hatillo en la mano derecha y el cubo en su brazo izquierdo, en medio del vestíbulo, sin saber cómo reaccionar. Un recorrido en semicírculo leyendo los letreros que hay sobre las ventanillas. Hay uno que pone «Información»: una ventanilla de cristal, con el rostro de un bedel dentro, uniforme azul de botones dorados, mucho más elegante que el suyo. Al mostrarle el título, el bedel exclamaría:

—¡Otro al que han timado! Tendrá que esperar, le atenderán en Servicios Sociales.

Podéis imaginaros su angustia, allí, sin conocer a nadie, después del planchazo que se había llevado y sin otra cosa que hacer salvo esperar, solo y abatido. A punto ha estado de sacar el petate con la comida que le había preparado su madre para el viaje. Hasta ese momento, ni tan siquiera ha sentido hambre, del puro nervio que ha traspasado su cuerpo. Pero su madre no era buena cocinera y seguro que la tortilla de patatas estaba demasiado grasienta, chorreando del aceite de los pimientos fritos que le habría puesto por encima. Podía manchar el suelo si se desparramaba al abrirlo, así que desistió.

A punto de rendirse, dispuesto a cargar de nuevo con su apero-armadura y darse media vuelta, una mujer sale del despacho con las manos en los bolsillos de la chaqueta. Era Montse, sí, el primer encuentro entre ella y el barrendero:

—Venga conmigo.

Tiempo después, Hércules contó la primera impresión que se llevó al verla aquel día, con pantalones y corbata ancha sin anudar, una vestimenta a la que él no estaba acostumbrado en una mujer: apariencia andrógina, un parapeto, una máscara en la que esconder su fragilidad y que le permitiera abordar un trabajo difícil de cara al público. Le resultaba cómodo para evitar problemas y malentendidos. O eso creía ella.

Hércules se sienta en la silla que le ha indicado:

—Me llamo Montse, ¿y usted?

—Hércules León, para servirle.

—Bueno, Hércules, ¿qué problema tiene?

Vuelve a contar sus estudios por correspondencia, su título, su llegada en el camión de la basura, su chasco. Ella se levanta de la silla y empieza a dar vueltas por el despacho, frente a Hércules, por detrás, por los lados. Él intenta seguirla mientras habla, pero es tan difícil hacerlo que su cuello cruje. Decide ponerse de pie y entonces, de igual a igual, tiene fuerzas para contarle que no puede volver al pueblo fracasado.

—Está bien, veamos qué puedo hacer...

Esa frase le suena a gloria. A punto está de abrazarla, pero, al fin y al cabo, no la conoce y están en un edificio público, aunque ganas no le faltan.

—Gracias, muchas gracias, se lo agradezco de veras, se lo digo en serio, usted no sabe...

—Bueno, bueno, vayamos al grano.

Coge el teléfono y empieza una serie de llamadas. Hércules observa retraído, quieto, sin atreverse casi a respirar por no estropear el momento. Oye frases sueltas: «Otro caso igual, sí... creo que puede ser la solución... habría que demandarles, ¿y si lo envío a Distrito Sur? No, hombre, en el albergue, de acuerdo, ya te contaré».

Según escucha va convenciéndose de que su situación se endereza. Al colgar el teléfono, Montse le explica la alternativa más factible: ir a Distrito Sur, bastante alejado del centro, más bien en el extrarradio, una zona formada por inmigrantes que se habían desplazado hacía años buscando, como él, una oportunidad de mejorar, donde muchas de sus casas fueron construidas a imagen y semejanza de las del pueblo, alternando con viviendas de protección oficial. Para empezar, puede buscarse la vida barriendo calles, portales y parques a cambio de propinas. Montse le propone que vaya al albergue municipal del distrito, donde puede dormir y recibir un plato caliente.

Distrito Sur, alojamiento, un trabajo al aire libre, sonaba bien, el cielo de la ciudad para él. Tendría todas las constelaciones a su disposición, en invierno y verano, con eso puede ser feliz, siempre y cuando su familia no se entere de lo que le ha pasado.

—Claro que, si no estás de acuerdo, siempre puedes volver al pueblo.

—No, no, me parece bien.

—¿Tienes dinero?

—El de la última matanza. Lo guardé para la ciudad.

—Bueno, haremos lo siguiente: te doy una carta de recomendación, explicando las circunstancias de tu trabajo, lo llamaremos de voluntariado, ¿te parece? Enseñas la carta en el albergue, aquí tienes la dirección; dentro de una semana, si te encuentras en apuros y no tienes dinero, vienes a verme.

—¡Muchas gracias, señorita, no la defraudaré! Ya verá, ganas de trabajar no me faltan.

Había llegado a la ciudad siendo un joven vinculado a la tierra, sin conocer la naturaleza humana en profundidad, solo la de los que le rodeaban y no demasiado, porque en su casa imperaba el silencio. Ese silencio forjado a base de escuchar el trinar, el deshielo, el viento y la lluvia, ese silencio que hablaba con la mirada. Y ahora, en el primer día de ciudad, se había convertido en otra persona, con un aprendizaje intensivo que le había hecho madurar de golpe.

Hasta entonces había dominado su entorno, se había desenvuelto sin ayuda, en la aldea era fácil orientarse, estaban el sol, las constelaciones y los picachos. Aquí no, los edificios parecen iguales, apenas se vislumbra el cielo entre ellos y hay una muchedumbre para la que es invisible. Le duele el brazo de tirar del cubo, que soporta con dignidad golpes, tropezones y un futuro incierto. Tiene que preguntar a los transeúntes cómo llegar a Distrito Sur, al albergue, y se pierde varias veces.

NEGRO SMITH, el conserje del albergue municipal, lo estaba esperando en la puerta para llevarlo hasta el director. Una vez asignado el armario donde guardar sus cosas, subió con él las escaleras hasta el tercer piso, el último del edificio. Avanzaban por un pasillo largo. Pequeñas ventanas, situadas a cada tanto, apenas dejaban entrar la luz. Hércules iba detrás de sus anchas espaldas y cuello de toro. Hubiera sido divertido ver el contraste entre ambos nada más conocerse, andando en silencio hasta el despacho del director: Negro Smith abriendo camino de doble vía, de autopista, y el barrendero como si fuera por una carretera comarcal.

—Entra sin llamar —le dijo Negro Smith—. Yo te espero en la planta baja, dentro de poco servirán la cena.

Hércules se encuentra en un despacho con dos grandes ventanales. En el medio está la mesa del director, que se pone en pie al verle entrar y, dándole la mano, lo invita a sentarse:

—Y bien, hijo, ¿qué es lo que te trae por aquí? Ah, ya sé. Tú eres Hércules León. Me han contado tu caso. No eres un mendigo, sino un timado. ¿Fumas? En el albergue no se puede, pero yo sí, ¿te importa que encienda uno? Por cierto, ¿sabes que tuve un amigo llamado como tú? Seguro que es tu padre, te pareces a él. En aras de esa amistad, mientras estés aquí no te faltará de nada. ¿A que no lo sabías?

Hércules intenta asentir o negar con la cabeza según el director pregunta, pero no le da tiempo a contestar. Más que interesado en las respuestas que pueda darle, lo está en escucharse, como si su voz fuera el eje del universo habitable:

—Sí señor, todavía me acuerdo de tu padre, nos conocimos en la mili, era el más fuerte del pelotón, como si lo viera ahora, alto y grande... el más aventurero y juerguista de todos nosotros.

Su padre no había hecho la mili, le habían excluido por pies planos; además era bajito, escurrido de hombros como él, muy tímido y callado. El director, ajeno a sus pensamientos y a su silencio, continúa:

—Claro que él era soldado raso mientras yo cabo furriel, y alguna que otra novatada le cayó, pero después nos hicimos buenos amigos. Ahora hay poca gente en el albergue, hace bueno y los mendigos duermen en la calle, pero en invierno esto se anima mucho. Hay días, los más fríos del año, en que estamos al completo. Ya verás...

—Solo estoy provisional —acierta a contestar Hércules por primera vez.

—Ya sé, ya sé, me han dicho que estarás alrededor de seis meses, hasta que puedas encontrar otra cosa. No te preocupes, porque te gusta el albergue, ¿no?

—Pues, verá...

—Ah, ¿no te gusta mi albergue?

—No es eso, señor, es que...

—Bueno, es una lástima. Empezabas a caerme bien. Puedes marcharte. La cena se sirve a las nueve, si llegas tarde te quedas sin ella.

Hércules abandona el despacho confundido. El director del albergue ha conseguido intimidarlo aún más. Le hubiera gustado decirle que le disgustan las ventanas pequeñas del pasillo, que él prefiere la luz, los espacios abiertos. No va al comedor. Se encuentra demasiado abrumado por sus experiencias y, aunque tiene aún la comida que su madre le preparó, tanto sobresalto le ha cerrado de nuevo el estómago. Solo quiere que le indiquen su cama para descansar. Negro Smith le había asignado una litera alta, pegada al techo, en un rincón que no tenía ventana, quizá para que descansara mejor, pero eso Hércules no lo soporta. Tampoco se atreve a contradecir órdenes, no quiere correr el riesgo de que se predispongan contra él. Ya ha tenido un desencuentro con el director. Espera a que se apaguen las luces y, aprovechando la oscuridad, se envuelve en la manta para buscar las escaleras que suben a la azotea. Se lleva la comida por si ataca el hambre y allí, tendido boca arriba, contempla las estrellas, las pocas que se ven, las luces de Distrito Sur ciegan la visión del firmamento. Apenas puede distinguir algunos astros aislados, como si no pertenecieran a ninguna constelación. Con las manos en la nuca y la mirada perdida en el infinito, se queda, al fin, dormido.

¿QUÉ DIFERENCIA teníamos Montse y yo con Hércules? Solo el creer que no nos iba a ocurrir lo que le pasó a él. Yo afirmaba, con cierta superioridad, eso de cómo se puede ser tan ingenuo, pero ¿y nosotras? ¿Acaso no lo fuimos? ¿No nos han frustrado en nuestros sueños y aspiraciones? ¿De qué me sirvió lo que estudié? Sí, claro, amplié horizontes, profundicé en los conocimientos, me cultivé. Cuando entendí que tenía que buscarme la vida y que no conseguiría un trabajo acorde a mi supuesta cualificación profesional, fui rebajando expectativas, tenía que comer, salir adelante con lo que fuera. Hubo momentos en que tuve suerte y buen trabajo y, cuando creía que lo había conseguido para siempre, de manera estable, venía la misma guillotina con distintos nombres, paro, crisis, despido, reajuste, reconversión empresarial y acababan con mi empleo. Vosotros, más jóvenes, hagáis lo que hagáis, estáis de antemano fuera del mercado laboral, mejor que lo sepáis; pero en mi época aún teníamos esperanzas. Es verdad que tuvimos más oportunidades que Hércules, muchas más, pero no estábamos tan lejos, al menos sentimentalmente. Podíamos tener más recursos, pero la frustración también habitaba en nuestras filas. Yo, por ejemplo, quería ser premio Pulitzer o la primera mujer en dirigir el periódico más importante del país y, en cambio, casi siempre me vi obligada a ser autónoma, sin sueldo fijo, estando ocasionalmente en la cima y las más en el subsuelo. Quizá por eso soy la persona que os cuenta esta historia, quizá por eso me lo encargaron, por mi oficio. Pero también porque lo prometí. He vivido lo suficiente para poder hacerlo.

HÉRCULES se despierta cuando el sol asoma por el horizonte. Desde la azotea del albergue municipal observa cómo las calles se desperezan y las personas se disponen a ir al trabajo. Un perro hurga en un cubo de basura y de inmediato siente una punzada en el estómago, después una náusea, necesita comer algo. Quita el nudo a la servilleta con que su madre había envuelto la tartera y prueba la tortilla. Demasiado grasienta, como había sospechado, y, además, la patata se ha quedado correosa. Arroja un trozo y el chucho sale disparado para dar buena cuenta de él. Decide desayunar en el albergue. El café le sabe a gloria y después se siente reconfortado, tanto como para iniciar su trabajo: recoge los aperos del armario, sale a la calle y empieza a barrer. No espera directrices, ya le habían advertido, todo lo más propinas, pero está seguro de que en cuanto lo vean trabajar se darán cuenta de su buen hacer y podrá llegar a conseguir un sueldo fijo. Empieza quitando colillas, papeles, hojas caídas de árboles, todo lo que se encuentra. Barre con minuciosidad. Repasa el mismo trozo una y otra vez hasta que no se pueda encontrar una brizna y, tras una calle, otra y luego otra, y un descampado, y otro. Nota un tirón en la espalda a media mañana y decide fumarse un cigarro. Con él comienza su reflexión. En la ciudad todo parece mucho más intenso, todo se concentra, exige mucho esfuerzo. ¡Ay, los cerdos!, ahora los empieza a echar de menos. Nunca pensó que el olor que tanto había detestado fuera motivo de añoranza. El olor ha sido algo definitivo para abandonar su anterior vida, pensando que el de su infancia era el peor del mundo y ahora se da cuenta de que no. El de su aldea era un olor auténtico, de elemento natural, de algo pegado a la tierra. En la ciudad se siente desorientado. Su olfato no consigue adivinar cuál es su olor específico, a no ser que sea una mezcla de los que percibe. Pero su objetivo es barrer calles, no disertar sobre olores, así que vuelve a su tarea y en eso está durante el resto del día. Solo para de tanto en tanto para echar un cigarro o comer un bocadillo en algún bar. Cuando quiere volver al albergue no sabe desandar el camino. Se ha ido fijando en el suelo, no en las calles o en sus viviendas. Tiene que preguntar de nuevo. Llega de noche, cuando ya han cerrado el comedor. Mala suerte, otra vez sin cenar. Guarda sus aperos en el armario, sube de nuevo a la azotea y se dispone a observar las estrellas, pero está tan cansado que nada más tumbarse cae en un profundo sueño.

Negro Smith fue el primer testigo de todo aquello y quien mejor pudo observar las primeras andanzas de Hércules. Él fue contando cómo se desenvolvieron sus primeros días en la ciudad. Lo demás, nos lo podemos imaginar.

IMAGINAR, IMAGINAR. Eso dice ella: imaginar. Nunca tuvo imaginación. ¿Qué sabrá ella de olores, de lo que me parecieron al llegar a la ciudad, del olor a cerdo? ¿Que lo eché de menos? Nunca. Ni siquiera el primer día y después tampoco. Pude echar de menos los chorizos de la matanza, los embutidos, el jamón. Ah, aquellas morcillas de lustre, o las patateras, el pimentón picante con el que adobaba los chorizos y las costillas. Ahora me da igual. Floto ingrávido, ni siento ni padezco, lo más parecido a un fantasma como los que sueñan los humanos. Desde aquí veo el sistema Alfa Centauro, el más cercano al sol, en el cielo austral, el que nunca vi. Tengo la suficiente energía para no ser absorbido por el agujero negro más cercano, pero no la que necesito para poder escapar de aquí. Es lo más parecido al purgatorio que nos contaron de niños: un lugar intermedio del que no saldré hasta que se resuelvan los asuntos que dejé pendientes al morir. Si no lo consigo, si mi energía no aumenta, me quedaré dando vueltas en esta coordenada espaciotemporal como un gili-energético. Me gustaría ser uno de esos exoplanetas que no orbitan alrededor de ninguna estrella, sino que vagan libremente por la Vía Láctea, me convertiría entonces en una energía errante, algo parecido a los exoplanetas. *Echo de menos mi escoba, era solo materia, y aquí hace falta, con la de chatarra y basura que se ha ido acumulando. De vez en cuando concentro toda mi energía en un pequeño meteorito para corregirle el rumbo y que choque con un trozo de nave espacial dispersa que va por ahí, dando vueltas. También puedo mover objetos de menor tamaño, desplazar algo, pero eso todavía no es barrer. Me costó mucho aprender a hacerlo, primero empecé con pequeñas piezas y cuando lo conseguí, cuando pude mover con mi energía un meteorito, menuda descarga tuve, incluso me propulsó, no sentí algo igual estando vivo. Ahora puedo hacerlo con objetos más grandes. Mi memoria ya no es, solo existe captación, siento una corriente muy fuerte al observar lo que está ocurriendo en la Tierra, lo que ella les está contando a esos dos jóvenes, pero no sé a qué se debe ni por qué me está ocurriendo esto, es nuevo para mí. Puedo perturbar a los vivos soplándoles al oído, a veces moviendo ventanas, corriendo muebles, cambiando objetos de sitio, pero no puedo hacerme visible, no todavía, solo me puedo introducir en sus sueños.*

EN LOS primeros días, Hércules instaura su rutina de vida: se despierta temprano en la azotea, donde sigue durmiendo, el frío todavía no es excesivo y en su litera siente que se ahoga. El perro sigue rondando por los alrededores y le va echando de comer, día tras día, la tortilla de patatas y los pimientos que había preparado su madre. Cuando sale a la calle el chucho decide seguirle a todas partes. Espera pacientemente mientras barre y hace de lazarillo para facilitar la vuelta de su nuevo amo al albergue. Hércules decide llamarlo Ulises, el mismo nombre que él había puesto a su cerdo preferido antes de que lo mataran. Un cerdo pequeñito, casi mascota, que le acompañaba por el campo y al que da continuidad ese chucho callejero. Ya no se siente tan solo. Se lleva bien con los animales. A ellos los entiende.

Desayuna en el albergue y, acto seguido, comienza su jornada laboral. Primero, lo que ha barrido el día anterior; después continúa por calles y zonas nuevas, y compara. Siempre compara con su vida anterior. El trabajo en el campo, sobre todo el cuidado de los cerdos, imposibilitaba el tiempo libre, sin hablar ya de vacaciones, porque de eso no entendían los animales, que tenían la mala costumbre de comer todos los días. Entrar en la cadena productiva urbana implica para Hércules un horario condicionado por la luz solar. De noche no se barre, tan solo se recoge la basura que se almacena en las casas. Y para eso están los camiones. Una mañana, un hombre se detiene a observarlo y le pregunta:

—¿Se puede saber qué hace?

—¿No lo ve? Estoy barriendo...

—¿Y quién le ha dado permiso?

Hércules saca de su uniforme la nota que le había dado Montse en el ayuntamiento. Tras leerla, el hombre prosigue:

—¿Podría barrer mi garaje y el solar que tengo detrás?

—Cuando acabe mi trabajo.

—Le daré una propina.

—De acuerdo, pero cuando acabe mi trabajo.

—¿Cuándo será eso?

—No sé, me queda por barrer lo de ayer y avanzar unas cuantas calles más.

—Le propongo un trato: empiece por mi garaje y luego continúa con el resto. Tras unos instantes de duda, Hércules acepta la oferta y, al finalizar el trabajo, recibe su primera paga. El dueño le apalabra una nueva propina si vuelve al día siguiente. ¡Qué contento está! El plan parece dar resultado: puede conseguir algún dinero. Empieza a entrar en el engranaje social de la ciudad. Ahora son propinas, pero llegará a cobrar un sueldo y se convertirá por fin en un asalariado. Eso es lo que espera. Dejará, entonces sí, de ser campesino. Hasta entonces, lo esencial se lo había garantizado la tierra y los animales. El dinero servía para cubrir aquello que la naturaleza no daba, pero a la vez el dinero que conseguían salía de la venta del cerdo. Ahora, en su nuevo oficio, lo básico lo garantiza el albergue. Lo demás, tiene que ganarlo con su trabajo.

Al garaje se van añadiendo varios establecimientos, algún jardín del vecindario y un patio. Hércules trabaja por fin en su especialidad y además cobra por ello. No son grandes cantidades, pero suficientes para los gastos que tiene, lo que unido a sus ahorros de la matanza le garantizan seguir viviendo.

Durante meses, Hércules emprende una batalla a muerte contra papeles, colillas y cagadas de perro. Se vuelve un defensor del espacio asignado con tanto afán que, cuando ve tirar un papel, lo recoge y va detrás de quien lo arroja diciendo: «Eh, oiga, se le ha caído esto». Algunos transeúntes, avergonzados, lo guardan en el bolsillo. Pero otros no y vuelven a tirarlo al suelo. Entonces, sin decir nada, lo recoge. Hércules pensaba que el buen barrendero es el que no se nota, porque su suelo siempre está limpio. Pero si hace mal su trabajo, todo el mundo lo sabrá. Siempre terminaba con la misma frase: «Basta una huelga de limpieza para que la ciudad huela fatal y se hable de lo insalubre que es la basura acumulada».

DISTRITO SUR estaba habitado en su mayoría por emigrantes que habían abandonado sus pueblos en busca de trabajo en la posguerra, un goteo continuo de trasvase del campo a la ciudad cuando el campo ya no garantizaba un futuro. Casi nadie tenía futuro entonces, a no ser que fueras afecto al régimen, corrupto o te dedicaras al estraperlo, a comerciar con el hambre y la miseria de los demás. Ahora ha ido cambiando su composición, habita otro tipo de gente, se ha reestructurado el barrio, pero cuando Hércules llegó, aún no se había transformado en lo que hoy es.

Con ganas de prosperar, como la inmensa mayoría de los habitantes del distrito, aparte de barrer, Hércules a veces subía hasta los pisos para recoger la basura de ancianos o impedidos, sobre todo a raíz de que se construyeran los primeros edificios, las llamadas Viviendas de Protección Oficial, marcadas en los portales con sus iniciales, V.P.O., como para estigmatizar, dejar clara constancia de que allí vivían pobres gracias a la caridad del Estado dictatorial que, con ciertas dosis de paternalismo, construía edificios de baja calidad para erradicar el chabolismo. Aunque Hércules fuera barrendero, a veces la recogida de basuras suponía una ayuda extra que no venía nada mal, ni a los vecinos ni a su bolsillo.

Recuerdo a un tal Rufo, al que Hércules conoció porque barría un descampado cercano a su casa. Los vecinos se lo habían pedido porque el servicio municipal de limpieza no llegaba hasta allí y estaba lleno de papeles, cagadas de perro y alguna jeringa. Los críos no podían jugar allí en esas condiciones. Desde que Hércules lo adecentaba daba gloria verlo, máxime si tenemos en cuenta que al lado había un colegio público. El tal Rufo, que regentaba por entonces una asociación juvenil para que aquellos chavales no se descarriaran mucho más de lo que ya estaban, se puso a jugar al fútbol con ellos sin tener en cuenta la diferencia de edad. Una patada mal dada, una caída y, como consecuencia, le escayolaron durante mes y medio, sin poder salir, porque con las muletas solo se apañaba para moverse por casa. Su mujer habló con Hércules. Ella tenía que sustituir al marido en el quiosco de prensa. Le rogó que se encargara de bajar la basura y, de paso, hacerle algo de compañía cuando ella estaba ausente.

Así entra Hércules en la primera casa del barrio. De paso recoge también a la hija pequeña a la salida del colegio, pues el hijo mayor era por aquel entonces un adolescente que odiaba a su hermana y no quería hacerlo. Hércules se dedica a preparar meriendas y, si la mujer se retrasa, deja la cena hecha. La verdad, tenía maña para esas cosas y pocas oportunidades en el albergue, así que cuando vio la cocina de Rufo se quitó el mono, se remangó la camiseta y pidió un delantal. Aquellos brazos escuchimizados se alargaron como si fueran de chicle, o como si se multiplicaran al estilo de la diosa Shiva. Tenía mano para cocinar alimentos sencillos, a los que enseguida cogió el punto de lo que recordaba haber visto en casa. Sus especialidades: arroz con cerdo, patatas con costillas de cerdo, magro de cerdo a la brasa, cerdo entomatado, picadillo de cerdo con judías verdes, garbanzos con manitas de cerdo, cocido con tocino de cerdo... Después, cuando Rufo tuvo la pierna bien, sus vecinos le requerían que hiciera lo mismo por ellos y así pudo alimentarse de algo más que de las sopas de fideos, ensaladilla rusa, filetes de pollo o huevos que le daban en el albergue a la hora de cenar.

Hércules sorprendió al barrio, era como una caja con varios compartimentos. Al abrirla, encontrabas un espacio secreto, una habilidad oculta, una sentencia, una forma de hacer. Sé que esto de la cocina puede resultar insospechado, pero demostró su eficacia porque consiguió que Rufo engordara, a lo que ayudó, por supuesto, el reposo que tuvo debido a la escayola.

SOMOS LUZ. Radiación electromagnética. Aquí, en el universo, es el elemento transmisor. El espacio y el tiempo como luz. La medida del tiempo es la luz, años luz. La luz que corre, vuela a casi trescientos mil kilómetros por segundo... La luz nos guía, por ella sé la distancia que hay entre otros astros, otras energías, también en este horizonte de sucesos cercano a mí, donde la velocidad de escape es igual a la velocidad de la luz. Solo cuando lo supere, podré ir hacia el universo en expansión, y para eso necesito más energía, más luz, más velocidad. Unirme a otras energías que están por llegar, algunas cercanas que presiento, lo mismo que desde que estoy aquí, a la espera, me ha ido sucediendo. Al principio era muy poquita cosa, apenas medía un puño energético que se ha ido agrandando al fusionarme con otras energías secundarias, aunque todavía es insuficiente. Mientras, aquí me mantengo, sin ser absorbido por el agujero negro, siempre amenazante, aunque a veces me dan ganas de dejarme arrastrar y ver qué hay más allá de él. Pero algo me retiene, no sé si tiene que ver con este tipo de luz. Antes no la veía, no es la de los ojos vivos, es una luz invisible, la de los muertos, la luz de los rayos gamma, o la ultravioleta o la infrarroja. Ahora capto todos esos matices de luz no visible sin telescopios ni aparatos. Por eso sé que estoy muerto.

Sí, luz invisible a los ojos de los vivos, pero la energía oscura sigue dominando en el universo, el noventa y cinco por ciento del contenido es una energía desconocida. Lo que se conoce, el mundo de los vivos y este en el que me hallo es solo un cinco por ciento. He tenido que estar muerto y formar parte del universo cósmico para aceptarlo y amoldarme a él, como antes hice en la Tierra. Y toda esta inmensidad, ella no es capaz ni de imaginársela.

QUÉ QUERÉIS que os diga. No soy parte importante en vuestras vidas, pero sí un testigo excepcional de los hechos desde que llegué a Distrito Sur, apenas cumplidos los veinte años, allá por el año 68. En esa década, la mayoría de la población en los países europeos era joven, producto del *baby boom* tras la Segunda Guerra Mundial, y nos convertimos en un motor de cambio, no como ahora, con las pirámides poblacionales invertidas, cuando los jóvenes en este país sois minoría y, por tanto, aunque tengáis ilusiones y ganas de transformar el mundo, es muy difícil que os hagan caso.

De niña yo era melancólica y tímida. Todo me extrañaba, veía las cosas como si fuera la primera vez, incluso a mis hermanos, a mis padres. Cada mañana sentía que no los había visto nunca, y pensaba qué tenían que ver con mi vida, conmigo, con mis pensamientos, con mi forma de ser. Era más bien callada, me refugiaba, buscaba rincones en los que estar sola, leer o esperar a que llegara la noche. Me metía en la cama y allí sí, con la luz apagada, sentía que podía ser yo, que era libre de pensar lo que quisiera, de imaginarme mundos sin que nadie me dijera eso de:

«¿Qué haces escondida, chiquilla? ¡Anda, sal de ahí!». Es curioso cómo se cambia. Nadie de los que me conoció en Distrito Sur hubiera pensado que esa misma niña era yo. Quizá el regreso de mis padres a este país, para ellos sus raíces, para mí perder las mías, fue un estallido interior. Dejé mi infancia atrás, la eché por la borda del barco que nos trasladó con muebles, arcones y baúles, piano incluido, a otro continente. No me quedó más remedio que arrojar también en el océano mi forma de ser anterior. Es curioso que fuera melancólica, tímida y callada en el Caribe, en un país alegre, lleno de color y explosión, con vegetación espesa y abundante, con mangos en los alcorques de los que comíamos sus frutos y, en cambio, me volviera expansiva al llegar a un país gris, romo y escaso de vegetación porque era diciembre y todo estaba pelado y hacía frío. Llegamos sin ropa de abrigo. En Nochebuena el barco hizo una parada técnica en Gibraltar, era ya tarde y mi madre bajó a buscar alguna tienda abierta donde pudiera comprar algún chaquetón, pantalones gruesos o jerséis, algo con lo que poder abrigarnos. Estaba todo cerrado. Al día siguiente, el día de Navidad, ya en Barcelona, nos mandó ponernos el pijama, *piyama* decíamos entonces, debajo de nuestra ropa, y nos fue llenando de capas con lo que traíamos: camisas de flores y colores una sobre otra, de manga corta, con el pijama asomando. Varios calcetines en vez de uno solo y alguna chaqueta suya que fue repartiendo, así nos compusimos. La verdad, yo estaba tan asustada que no recuerdo haber pasado frío, pero fue la primera vez que pude sentir, cara a cara, lo que después puse nombre: la desolación.

Llegué en la adolescencia, mala edad para añadir cambios de continente, clima y alimentación. Yo no había elegido, lo habían hecho por mí. Ellos regresaban, yo abandonaba. No había acuerdo. Muro infranqueable, reproche continuo. Ni siquiera una ciudad con mar, porque entonces las oportunidades estaban en la capital. Eso dijeron. Hervía por dentro y no era consciente de ello. Tenía ganas de escapar de casa, algo que pude hacer más adelante, a los dieciocho años, cuando encontré trabajo en un almacén de flores, una cooperativa canaria que abrió delegación en la ciudad. Éramos dos personas: el responsable, que hacía también de repartidor, y yo, que me encargaba de recibir las flores, elaborar albaranes y atender los pedidos de las floristerías. Como tenía tiempo libre, podía aprovechar para estudiar e ir sacándome la carrera, entre claveles y rosas, lo que más llegaba, pero también entre gerberas y estrelicias. Aprendí a cuidarlas, a saber si eran flores frescas o pasadas; las buenas para las floristerías y las otras para la venta ambulante. Supe cómo debían cortarse, en qué momento del capullo había que venderlas, intuir si venían con alguna plaga o no. Trabajaba en una cueva húmeda y fría para su mejor conservación y me hicieron un despacho pequeño con una estufa. Así aguantaba las horas. Tengo un buen recuerdo. Las flores enseñan mucho sobre los humanos: algunos son unos capullos toda la vida y no merece la pena ni siquiera cortarlos porque nunca florecen, se marchitan sin abrirse. Otros llevan la plaga dentro, y mejor están escondidos en cuevas húmedas. Pero a veces encuentras un ramillete que merece la pena, cortas el capullo en su momento justo, crece, florece y se marchita, como yo ahora. Algunos me han acompañado durante años y, aunque hayan muerto, lo siguen haciendo. Porque los muertos nos hablan. Más de lo que creemos. Se nos presentan en sueños, nos dicen lo que no nos dijeron en vida, nos hacen sentir lo que entonces no supimos, nos iluminan cuando nos levantamos por las mañanas tras haber soñado con ellos, cuando se nos hacen visibles, jóvenes y hermosos, como mejor los recordamos. Me he reconciliado con mi madre a través de los sueños: aparece siendo yo niña y noto sus cuidados, su protección, lo que se me había olvidado, tras mis enfrentamientos con ella. Es curioso, no sueño con mi padre, se me ha borrado, a lo mejor ya no tiene nada que decirme, quizá porque hablamos en vida, zanjé con él los asuntos pendientes. Pero me sorprende esa madre que se me aparece en sueños, a la que veo como nunca la había visto antes. También Montse. Con ella son sueños tristes, solo aparece con mi nostalgia por el amor perdido, el que dejé escapar por vanidad, o peor, por egoísmo. Cuando viene a visitarme quiero alcanzarla y no puedo, me despierto angustiada, con los ojos irritados. He debido de llorar en sueños. ¿Se puede hacer?

Pero los muertos también nos hablan con sus huesos, bajo tierra, de modo distinto según como fuera su muerte. En este país arrastramos huesos, muchos huesos.

Los vencedores de aquel golpe militar contra una España que nacía, admiración de muchos, alegre y dispuesta a romper ataduras, se encuentran adornados en mausoleos, con placas recordatorias en las iglesias, sus nombres grabados en piedra, como si hubieran sido lo mejor de este país. Los del otro bando, los vencidos, que no derrotados, los que tuvieron la razón histórica, la legalidad y sobre todo la belleza, la belleza de sus jóvenes, de sus ideales, la belleza de sus maestros e intelectuales, de sus trabajadores, de sus escuelas, teatros, mujeres, esos no aparecen y muchos nos gritan para que encontremos sus huesos y dar así testimonio de la infamia. Herida abierta, tumefacta, que solo sanará cuando afloren en campos de almendros y puedan descansar donde les corresponde.

Vivir en una residencia condiciona mucho. A casi nadie le apetece ver un ramillete de claveles marchitos y secos, a punto de deshojarse y dejando un olor a rancio a su paso, a sobaco y meados, el hálito de la decrepitud, la presencia de la muerte. Eso es lo que hay aquí. Sé que vosotros venís a verme por interés, aunque también podíais no haber hecho caso a la petición de Montse. ¿Qué os dijo? Me lo imagino. Seguiré contando cómo llegué al barrio y cómo conocí a ese ramillete donde había rosas, claveles, estrelicias, gerberas, begonias, mimosas, tulipanes, lirios o amapolas que alegraron mi vida y la condicionaron para siempre. También hubo cardos espinosos, ortigas y malas hierbas, a los que había que arrancar o alejarse de ellos para sobrevivir.

En Distrito Sur se encontraban pisos de alquiler muy baratos, en no muy buenas condiciones, pero asequibles para mi sueldo en el almacén de flores. Encontré uno con dos habitaciones en una casa de tres plantas sin calefacción ni agua caliente. Los armarios los hice con baldas que coloqué en unos huecos de la pared y puse unas cortinas para taparlos. El baño estaba pegado a la cocina, una taza de váter, un lavabo y una alcachofa en mitad del techo. Solo la usaba en verano, el desagüe estaba en medio, justo a los pies de la taza. Todo un lujo, comparado con los que tenían el váter fuera de casa, como en las corralas o en las chabolas. Aprovechaba cuando iba a comer a casa de mis padres para ducharme, y, cuando no, calentaba agua y me bañaba en un barreño, como en los pueblos. Entonces comer era mucho más barato y el enfado inicial de mi familia cuando me marché —esta niña terminará de puta— dio paso a su mala conciencia, de la que me aprovechaba en forma de comida sobrante cuando iba y de ropa nueva por mi cumpleaños o en Navidad. Mi rebelión social pasó primero por la rebelión familiar. Eran otros momentos. Estaba peleada con mis padres, no les perdonaba su cobardía, el silencio que se impusieron, de lo que no se podía hablar fuera, el estar callados ante las visitas, el que no se enterasen fuera de casa de lo que éramos o pensábamos, como si tuviéramos la lepra o cualquier enfermedad contagiosa, el empeño en borrar un pasado por si nos podía perjudicar, ellos decían que para facilitarnos el futuro. Y podía ser verdad, pero entonces pensaba que así no cambiaríamos el país. Era tan soberbia con ellos como seguro que lo sois vosotros ahora. El ambiente universitario implicaba la lucha contra la dictadura, un enemigo muy claro enfrente, plasmado en un señor de bigote fino, voz atiplada y de un solo cojón, pero que pesaba y mandaba más que el resto de los cojones del país. También decíamos que la dictadura caería, que de ese año no pasaba, éramos universitarios en un universo compuesto de «trotskos, chinos y revisionistas», que eran los del partido comunista, todos contra lo mismo y cada uno a su modo. Unos hablaban de la revolución democrática popular, otros de la revolución socialista, otros del eurocomunismo; aquellos mencionaban a la clase dominante o a la oligarquía financiera, y había quienes, para delimitarse de los demás, hablaban de los sectores monarco-vaticanistas de la yanquizada oligarquía fascista en el poder. Ahora también me río, y pienso: menos mal que no ganamos. ¿Cómo íbamos a hacer la revolución? Todos nos movíamos en la inutilidad universitaria. Y entre nosotros, campando a sus anchas, los fascistas de entonces, a la caza del rojo, la *secreta* en los bares de la facultad viendo quién ponía carteles o tiraba octavillas que se reproducían en unas vietnamitas a las que encajábamos los clichés con el texto, el que fuera: abajo el fascismo, la opresión de la dictadura, el compañero detenido y torturado por la brigada político social... Máquinas de escribir sin cinta para perforar el cliché; distintos cabeceros que se acoplaban: rex rotary o cabecero universal, los más comunes, que servían para todas las multicopistas. Antediluviano, y, sin embargo no está tan lejos de mi vida. Ah, las famosas vietnamitas, pequeñas multicopistas, primero manuales, luego ya automáticas. Pero las de la manivela a mano... Recuerdo una, que funcionaba regular y había que darle un pequeño empujón a la manivela. Lo mejor era hacerlo con una canción: *Sonsera, traratatá, es la trainera, traratatá, que quita el hipo a Euskadi entera*. Así salían niquelados. Si no, se emborronaban de tinta unos y no llegaba para otros panfletos. Cuando recuerdo todo aquello, me doy cuenta de que mis padres debieron de pasarlo muy mal. Me fui de casa sin ser mayor de edad, entonces era a los veintiún años para los hombres y veinticuatro para las mujeres. No tenía oficio ni beneficio, salvo el trabajo de florista. Fui radical, es lo que tocaba. Pude terminar periodismo, no del mismo modo que si hubiera seguido con mis padres, pero me siento orgullosa de que no me pagaran los estudios, de hacerlo por mi cuenta y con mi esfuerzo. Aunque me costó mucho más sacar la cabeza. Solo de mayor empecé a pensar que podía haber hecho las cosas de otro modo, aunque entonces no hubiera aprendido tanto de la vida. Son opciones. Cada uno la suya. Pero me gustaba vivir en Distrito Sur. Mi familia no entendía por qué, ni qué podía hacer una chica nacida fuera del país, producto del exilio y de clase media, yéndose a vivir allí. Pero aprendí a sentirme viva, despierta y con los pies en la tierra. Y fui feliz, porque a esos años, si decides abrir tu propio camino, con lo que sea, te entra esa energía mezcla de orgullo, propiedad y afianzamiento para cambiar el mundo. Mis padres no me perdonaban que me hubiera ido tan pronto de casa. Veían en ello un reproche, y en cierto modo así era. Un reproche a su mundo, a su parálisis acomodada desde que volvieron, a su vida bajo los últimos años de la dictadura. Ahora, cuando me veo aquí, recluida, viendo cómo se deteriora todo y yo también, sin hacer nada, los entiendo mucho mejor, lo que debieron pensar, callar y defender, aunque a mí no me hicieran confidente de sus inquietudes y pesadillas. Ellos habían pasado una guerra, yo no. Ellos sabían lo que había que temer, yo solo lo intuía y no me parecía para tanto. Y los veía como una izquierda de salón. Venían amigos a la casa familiar, unos comunistas, otros cristianos para el socialismo; se hablaba y se leía de todo lo que se podía, libros comprados en las trastiendas de algunas librerías; la reproducción del *Guernica* presidiendo el salón, periódicos por la mañana y por la tarde, leer entre líneas, pero yo, por entonces, quería acción. Mi madre me echaba en cara lo que les hacía sufrir, pero cuando vino la democracia ya no se callaban y eran conocidos en el edificio como los socialistas del quinto.

VIVÍ MUCHOS años en aquel barrio, Distrito Sur, lleno de problemas, con personas dispuestas a todo para salir adelante, sacar la cabeza y no ahogarse, la mayoría de las veces con fórmulas de sacrificio y trabajo duro, otras excusábamos lo que ocurría a nuestro alrededor y no nos gustaba. También se condenaba, cosas que no estaban bien, pero con la boca chica. Vi de todo, vi y viví. Vi cómo se podía morir o ir a un hospital por un navajazo, un tiro o un pico. Nadé a veces con ellos o entre la desesperación de otros: lumis que no querían que sus hijos supieran a qué se dedicaban; yonquis que arruinaban a familias ya arruinadas y que vendían su cuerpo por una dosis; tirones de bolso, madres contra la droga, casas que escondían a fugitivos. Y, en cambio, nunca he sido tan feliz. Quizá porque fue el tiempo de mi juventud, pero también por todo lo que aprendí. Cambié el foco, dejé de ser el ombligo de mi mundo y contrasté mi vida con la de otros, aprendí a mirar de cerca, sentí mis grietas al comprobar las de los demás, bajé del pedestal ante la supervivencia de otros. Trabajé, entendí lo que en realidad era o debería ser, los pies en la tierra, empezar de cero, bajar a submundos de educación, buscar con amas de casa el clítoris que no sabían que existía, campañas de leche y comida, becas comedor para que los niños se llevaran algo caliente a la boca. Sonaba a posguerra, pero no lo era, habían pasado ya bastantes años. Por cierto, ¿me traéis un vaso de agua? Me he quedado seca. Llegar a Distrito Sur fue una necesidad de romper el aislamiento familiar, el autoexilio interior impuesto desde que llegamos, de los estudios teóricos en la facultad que no me dejaban entender qué pasaba a mi lado todos los días, a solo media hora de donde vivía con mi familia. Yo necesitaba que la vida corriera por mis células y mis uñas y mis dedos y mis ojos y mi piel y mi pubis, la vida de verdad, no la importada de los libros o del núcleo familiar: que me diera el aire, que me despeinara, que levantara mis faldas y penetrara entre mis piernas, que me sacudiera el clítoris tan bien custodiado, labios, vulva, vagina, mi himen roto por otro niño bien que jugaba como yo a proletarizarse pero al que podía más la teoría que la vida, la miseria, los yonquis o choros, camellos, gitanos o inmigrantes currelas a más no poder, que llenaban aquellas calles de otra vida distinta a la mía. Hasta que no la mamé, me manché de barro y me asemejé a ellos, no supe encontrar mi sitio ni lo que andaba buscando; la furia interior que había en mí pude canalizarla, dejé el proceso de autodestrucción, busqué hasta encontrar un embarazo de alguien que no llegó a conocer a su hija porque murió antes de tiempo. Maldito jaco, aunque para entonces ya deseaba que desapareciera de mi vida. Me cargué de una esperanza furiosa, de una energía interior que nunca sospeché que tenía. Fui madre soltera. Núcleo monomarental, eme de madre y eme de mierda. Se mitifica la maternidad para que no nos rajemos y traigamos hijos al mundo. Nadie cuenta la verdad, ni la sociedad ni nuestras madres. Te cae una responsabilidad de golpe que asusta, y te encuentras sola, muy sola. Tu mundo se trastoca y te condiciona. ¿Merece la pena? Pese a todo, creo que sí, pero si nos dijeran antes a lo que nos íbamos a enfrentar, lo llevaríamos mejor o no tendríamos hijos, quién sabe.

Montse y yo seguíamos viéndonos siempre que podíamos. Hablábamos por teléfono, largas charlas que podían durar horas, cuando la pequeña dormía. Pero pasada esa etapa, según fue creciendo mi hija, volvimos a las andadas. Entonces no había tanto remilgo en la crianza. Las dos seguíamos sin casarnos. Yo le preguntaba por los casos estrambóticos que llevaba, siempre me parecieron un gran material de novela o de un reportaje periodístico que algún día me haría ganar un premio. Nunca lo escribí, por respeto a su trabajo, así que nunca gané nada. Y aunque lo hubiera hecho, habría pasado desapercibida. Con los años he constatado que al gran público no le interesa este tipo de historias, las que cuentan la vida de perdedores o de la buena gente. Estamos preparados para seguir con expectación la maldad o la vida de alguien que consigue elevarse entre el común de los mortales. Es más sugerente, más atractivo, pero escribir acerca de un barrendero hubiera resultado un acto fallido. ¿A quién le puede interesar, salvo a los que lo conocieron? O a vosotros, porque todo comienza con él, porque el destino así lo ha querido.

QUÉ DIFÍCIL es contar la verdad cuando alguien te la pide. Aunque no puedan saberlo todo, ¿o sí? ¿Quién soy yo para decidir esto sí, esto no? Y sin embargo... He sentido algo que venía de fuera, un viento, más bien una brisa, un soplo que me ha llevado a escorarme sobre lo que estaba contando, dejar a estribor la vida de Hércules, lo que ellos quieren saber, y virar para hablar de mi vida, que les importa tres rábanos, o rábano y medio. No sé por qué lo he hecho. Tendría sentido si mi vida hubiera estado ligada a él, pero no es así. Mi vida ha estado ligada a Montse y la de ellos también, ese es nuestro punto de unión, de ella debería hablarles, de mí no, es pretencioso, puro aburrimiento o más bien narcisismo, saberme el centro de atención durante unas horas en los días que vienen a visitarme. Procuraré no distraerme tanto, pero ha sido involuntario. Siento una responsabilidad que nadie me ha otorgado, los veo tan desvalidos, tan jóvenes, tan desorientados. ¿Qué edad tendrán? A ver, calcula, deben de tener trece o catorce años, su mundo es tan diferente a lo que les cuento que no me extrañan esos rostros de asombro, esas miradas interrogantes que se intercambian sin decir nada. Permanece intacta, eso sí, la curiosidad que yo tuve a sus años, el enfrentarse con un mundo que no les gusta y al que tienen que empezar a acceder como adultos. ¿Qué queda de mi mundo ahora? ¿Qué sabrán ellos de lo que fue una dictadura? ¿Dónde queda ese pasado? ¿En mí, en unos pocos? Ellos sabrán otras cosas que a mí me vienen grandes: la incertidumbre, la incertidumbre por encima de todo, en el planeta, en la enfermedad, en la liberación de los virus o bacterias, en el calentamiento global, esa gran crisis que viene de la mano del hombre. Hay dos formas de extinguirnos: con un meteorito estrellado contra la tierra, *crash, boom, plaff*, y la mayoría de las especies vivas, nosotros entre ellas, a tomar por culo. O bien una extinción lenta, autodestrucción, autosuicidio colectivo, no tanto contra la vida en el planeta, que surgirá con más fuerza, como ha pasado a lo largo de las seis grandes extinciones habidas. Con los dinosaurios desaparecieron el noventa y cinco por ciento de las especies vivas, pero la vida no acabó, surgió con más fuerza. Nosotros nos extinguiremos como especie si seguimos así. Y quizá es lo mejor. Prefiero la primera fórmula, la del meteorito, algo rápido, pero ahora se han inventado eso de enviar un petardo para desviarlo de su rumbo si amenaza al planeta. Nos tocará un final lento, nos moriremos poco a poco, como la larga agonía de los peces fuera del agua, mutando antes de la extinción. Alguno sobrevivirá, sí, pero ¿quién? Pensé que aprenderíamos y la sociedad rectificaría su locura, por ahora no ha sido así. De qué nos sirve tanto avance tecnológico si a este paso vamos a desaparecer del mapa.

LLEGA EL otoño. El primer otoño de Hércules en la ciudad. Las hojas secas cubren el suelo. Hércules se esmera en recogerlas, pero es un trabajo arduo: según acaba de barrer vuelven a caer otras. No entiende por qué no habían plantado en los alcorques árboles de hoja perenne. Llegan también las lluvias y ya no puede trabajar con la asiduidad de antes; los vecinos van por la calle protegidos con paraguas y con la mirada fija en el suelo. Las propinas están descartadas. Como las familias salen menos de casa, tampoco le requieren para servicios adicionales. El garaje se ha encharcado y el dueño le rescinde el contrato oral hasta que se seque el ambiente, pero resulta ser un otoño especialmente húmedo.

El albergue solo abría a la hora de dormir y al único que admitían durante el resto del tiempo era a Negro Smith, que hacía las veces de conserje y celador del edificio. Hércules vagabundea de bar en bar, de portal en portal, ofreciendo sus servicios. No puede pasar las noches en la azotea y tiene que volver a la litera empotrada contra el techo que le han asignado, incapaz de conciliar el sueño. Al cabo de una semana está desesperado, con unas ojeras profundas.

Pasa algunas horas con Negro Smith en los bares cercanos, allí coinciden para beber y jugar alguna partida de dominó, una forma de matar el tiempo como otra cualquiera.

Y Negro Smith, de andar lento y lengua floja, le va contando su historia: «Smith es mi nombre, y el apellido, Pérez. Nací en Praga. Suena raro, ¿verdad? Sale el seis doble, pongo yo... Mi madre era española, llevo su apellido. Qué va, estaba casada con un checo. ¿Que cómo salí así? No, no había antecedentes negros en la familia, yo fui el primero, como te lo digo. Mi madre fue niña de la guerra, creció tras el telón, de los que mandaron para que los acogieran. ¿Que no sabías nada de eso? Pero, chico, ¿en qué mundo has vivido? Vale, no hago comentarios y sigo con la historia, pero no te rías. Mi madre, ya casada, va y conoce a alguien de Kenia en un tren cuando volvía a casa tras un congreso internacional al que la mandaron y, por entretenerse, o yo qué sé, porque eso nunca me lo contó, que una madre hace confidencias a las amigas, pero no a los hijos, les dio por pasar la noche juntos. Cuando supo que estaba embarazada, no pudo sospechar que fuera de aquel polvo, ya fue mala suerte, ya, y pensó que era del marido. Nací morenito y tuve un pasar, al ser mi madre española, pero a la semana me volví negro, muy negro, y se descubrió el pastel. Como te lo cuento... Te he vuelto a ganar, remueve tú las fichas... Es que cuando naces no pareces negro. Solo tienes oscura la piel de los cojones, eso no tenías por qué saberlo, solo los que ven a los recién nacidos. A las semanas ya tienes el resto de la piel de ese mismo color, o sea, que la piel de los cojones es el indicador de tu piel futura.

No puedes pasar, tienes que robar, so cenutrio, ¿no ves que solo jugamos dos? Se llama barrachina, no sé por qué... Ah, ¿que por qué Smith? Mi madre no sabía cómo se apellidaba el negro aquel, y su marido, el checo, no quiso reconocerme, así que cogió el portante y se volvió conmigo a España. Me puso Smith de nombre, por aquello de que era socorrido cuando alguien no quería decir cómo se llamaba. Era lo que salía en las películas de vaqueros.

»Mi madre conocía al director del albergue, nunca me contó de qué ni me lo quiero imaginar, fue cocinera en él nada más inaugurarse. Yo venía a veces a comer, así que, cuando ella murió y le pedí que me acogiera, el director no se pudo negar y me quedé haciendo un poco de todo... Fue él quien empezó a llamarme Negro Smith. Siempre fui Smith Pérez hasta que llegué aquí».

Hércules escucha, entre la incredulidad y la estupefacción, la historia de su compañero de albergue. Nada que ver con la sencillez de la suya, su padre, su madre, la aldea, los hermanos, los cerdos. Por eso Hércules a veces parece un simple y otras un inocente, mientras que Negro Smith tiene picardía y sabe moverse por los entresijos de la vida. Negro Smith había conseguido acomodo gracias a su madre. Él ha conseguido llegar a la ciudad a pesar de la suya, que no quería quedarse sin su hijo, pero que desarmó su habitación nada más salir por la puerta. Recuerda el momento en que decidió decir a sus padres que se marchaba de la aldea. Para ellos fue un choque tremendo, se quedaban sin un bracero, el que se encargaba principalmente de la piara. Y lo necesitaban tanto... Al final, fue el padre quien lo apoyó mientras que la madre se echó a llorar y desde entonces abrigó cierto resentimiento hacia él. Hércules lo vivió así. Su madre no entendía que quisiera marcharse, lo sintió como un abandono, una ingratitud de su hijo al renegar de su oficio. Para ella fue como si lo hiciera también de la familia. Y algo de eso había, porque Hércules no piensa volver al pueblo, no en esas condiciones, no sin haber triunfado antes. Por eso tampoco quiere contarles todo lo que le ha sucedido, ni el lugar donde está durmiendo. Se ha hecho la promesa de no contarlo jamás, sería como dar la razón a su madre, aceptar que tenía que haberse quedado bajo sus designios.

¿Cómo sería la relación de Negro Smith con su madre? Hércules intenta imaginárselo. Se había criado sin padre, su madre y él debieron de convertirse en una extraña pareja. ¡Vaya mundo que tenía su amigo! Sobre todo, si lo compara con el suyo. Claro que, con lo negro que era Smith, tampoco lo debió de tener fácil. Cuando su madre decidió venir a España, él era un bebé, con lo que tampoco podía acordarse de su ciudad natal.

Aquella noche, mirando el techo desde la litera, la historia de Negro Smith brinca en la cabeza de Hércules como las gotas de lluvia que caen fuera. Donde nació, el agua empapaba la tierra con un ruido acogedor, siempre que no hubiera tormenta. En la ciudad, en cambio, las gotas torpedean contra el asfalto, como Negro Smith cuando hablaba, con las «tes» y las «pes» disparadas, y la saliva con ellas. Lo que más resuena en su cabeza es que el director le hubiera aceptado de conserje. ¿Y si él hace algo parecido?

¿No se jactaba de haber conocido a su padre? Pedirá una entrevista. Hércules no es como Negro Smith, de andares lentos y codo alegre. Él necesita mover manos y cuerpo, si no, su cabeza se desboca, es un potro sin doma. Contemplar las estrellas siempre había sido una recompensa a la faena realizada, tumbado en la era o en la azotea del albergue. Pero ahora no tiene ni una cosa ni otra. Y está harto de esperar que pase el tiempo, un tiempo lento y espeso, como ocurre cuando no se tiene nada que hacer. Él puede barrer el albergue. Él necesita también tener una cama al lado de una ventana. Hablará con el director. Hércules se duerme con esos pensamientos.

AQUÍ EL silencio es ingrávido, espeso, lento. No llega nada de los ruidos que habitan la Tierra, el trinar de las aves, las discusiones o susurros humanos. Tampoco el ruido de las pisadas en otoño, cuando crujen las hojas secas, ni los avisos de los animales, los zureos, las berreas, el claxon de los coches, los pitidos de los semáforos para ciegos anunciando si se puede o no cruzar. El fragor de las olas me lo perdí en vida, así que es lo único que no echo de menos. Cuando los meteoritos chocan no hacen chas, ni pum, como mucho sssss. He visto en cambio fenómenos que se escapan a la mente humana, no los entiendo ni sé a qué se deben porque formo parte de ellos, sobre todo cuando atravieso agujeros de gusano, o como la primera vez cuando morí y llegué a esta otra dimensión, no sé si la quinta, la sexta o la octava. Me da igual porque de nada me sirve saberlo, mi energía sigue a la espera de fusionarse con más energías, lo que será mi salvación. Las palabras que usaba en la Tierra no sirven para el espacio que habito. Todo tengo que explicarlo por comparación, es difícil abarcar la inmensidad, poner al universo palabras que encierran visiones estrechas, limitadas, terrestres. Para los fenómenos nuevos que percibo y que aún no han sido descubiertos por los telescopios terrestres, no tengo términos que los definan. Puedo aproximarme a la hora de explicármelo, pero sé que estoy limitado, que lo que diga no es exacto. *Gran dificultad es la que siento entre el gran caos universal.*

He intentado encontrar a mis seres queridos, pero en su nueva forma no soy capaz de distinguirlos, aunque sé que su energía debe de pulular por el universo. *En cambio, todo lo intuyo. Lo que oía, cuando estaba vivo, que llamaban el sexto sentido, es el que pertenece a los muertos.* Puedo sentir que hablan de mí, que ella está contando mi vida a dos jóvenes que reconozco en mí, sobre todo a uno de ellos. Su energía me pertenece, la siento parte de la mía y me gustaría transmitirles una parte del universo en el que me hallo. Esa sensación no es nueva, al morir me llegaron susurros y algunos llantos de amigos, pero entonces mi energía estaba tan debilitada, era tan pequeña, que me sentía incapaz de captar más allá. Ahora es distinto, ha pasado el tiempo, concepto que no sé cómo usar porque aquí es distinto, pero me he ido fusionando y soy portador de más energía, capto con más presencia y de modo más cercano lo que ocurre en torno a los dos jóvenes, y se lo debo a ella, a mi interlocutora, aunque deforme y cuente mi vida a su manera.

MENOS MAL que se han ido y tendré un poco de descanso para mis otros recuerdos, ahora que vuelvo a estar sola en la habitación. Mi amor por Montse, cómo contárselo a ellos, o para qué, no aporta nada a su historia. Siempre fue más que amiga, hasta el final. Solo con verla se me iluminaba la cara, a ella también. Pese a nuestros amantes. Estábamos por encima de ellos. Me costó asumirlo, lo rechacé, aparté de mí ese sentimiento, aunque soñara con ella, hasta que dejé de combatirme: era así, no podía renegar de mí misma por querer, por haber sido la persona a la que más quise. Cómo voy a contar cuando me quedaba a dormir con ella, las dos abrazadas, sintiendo en nuestros cuerpos todo lo que nos unía, nuestras historias y desolaciones. Siempre que una se deprimía o se sentía sola, sabía que podía acudir a la otra, acurrucarse a su lado, oler su cabello y sentir que teníamos a alguien en la vida. ¿No es eso amor? ¿Por qué lo negué?

Lo que no les voy a contar es la verdadera relación que mantuvimos. Empezó como amistad, conocimos el mundo juntas, después nos dimos cuenta de la complicidad de nuestras miradas, la simbiosis y confidencias, las risas cuando nos emborrachábamos... y una noche pasamos a los besos, la suavidad del sexo juntas, nada que ver con un hombre, ese dominio que intentan establecer, la penetración para correrse, la falta de preparación previa de casi todos ellos, el salir de tu cueva una vez satisfechos para quedarse dormidos enseguida. Todo un clásico. Con ella fue diferente, sabíamos cómo acariciarnos porque nos lo habíamos hecho antes a solas, el autoplacer es una puerta abierta para experimentar con personas de tu propio sexo. Pero nos ocurrió ya maduras, habiendo quemado etapas previas, habiendo experimentado cada una por su cuenta. Y una noche surgió la sorpresa, no recuerdo quién tomó la iniciativa porque dio igual, fue algo recíproco.

HASTA LA LLEGADA de las lluvias, en aquel otoño del que os he hablado, Montse no volvió a tener noticias directas de Hércules. Incluso podría haber pensado que se había vuelto a su pueblo si no fuera porque recibía información del director del albergue, en contacto permanente con él para saber el número de personas que iban acogiendo y las plazas disponibles, por si se necesitaban. Formaba parte del protocolo. Después de las lluvias vendría el frío, Montse necesitaba tener un censo, no solo en ese edificio, también en otros centros que podían acoger a personas de la calle. Tal y como el director le informaba, parecía que a Hércules no le iba mal, se iba acomodando a la ciudad y hacía apaños en la zona.

En cambio, en aquel otoño, Montse tuvo mucho trabajo. En Distrito Sur quedaban todavía zonas de casas bajas levantadas por los propios inmigrantes en la segunda mitad del siglo pasado, éxodo masivo de gentes de pueblo hacia la ciudad en busca de oportunidades. Muchas de ellas se construyeron en una hondonada sin saber que era el cauce seco de un antiguo arroyo. Casas de posguerra, clandestinas, aunque con una normativa que prohibía, por aquel entonces, derribar viviendas si estas tenían tejado. Los recién llegados se aliaban para levantar por las noches cuatro paredes de ladrillo y un techo de uralita, de modo que al día siguiente la guardia civil no podía tirarlas. Poco a poco se extendió esa costumbre en los años 50 y 60 del siglo pasado. Y allí siguieron viviendo aquellos peones llegados del campo, adecentando casas y calles a la espera de la intervención pública, y los arrabales de posguerra se convirtieron en barrios periféricos, como Distrito Sur.

Con aquellas lluvias, lo que no había ocurrido antes, sucedió: se inundaron las casas bajas que se encontraban en el cauce del antiguo arroyo. Hubo que tomar medidas de emergencia: acoger a familias en el albergue y habilitar un pabellón deportivo para el resto, hasta que las aguas remitieran y se evaluaran los desperfectos. Ahí aprendimos también que el agua vuelve a buscar su camino; se debería respetar más lo que la naturaleza demanda.

Una de las personas alojadas en el albergue a raíz de aquello fue Juana. Os hablo de ella, sabréis por qué. Juana había estado viviendo en la calle hasta que le dieron el chivatazo de una casa baja abandonada. Entre varias personas decidieron ocuparla y allí vivió hasta las inundaciones. Pero al no ser de su propiedad no se les reconoció derecho alguno y las indemnizaciones que la Administración resolvió otorgar a raíz de la catástrofe, no llegaron a ella, y acabó alojada en el albergue. Así fue como Hércules y Juana se conocieron. Es el destino, que a veces escribe recto sobre renglones torcidos. Aunque vaya un poco lenta, podéis ir atando cabos, la historia se entremezcla.

Menuda temporada pasó Montse con las inundaciones. Familias de gitanos, inmigrantes, peones de la construcción o descargadores del Mercado Central se habían quedado sin hogar. Hasta la zona acudieron políticos, concejales y dirigentes de partidos, aunque más para hacerse la foto que para solucionar el problema. Aparecieron también los medios de comunicación, que recogían las quejas de ciudadanos, porque las ayudas eran escasas o porque no atendían sus peticiones. Fue la primera vez que Hércules vio por televisión Distrito Sur, también a Montse.

Cuando Hércules escucha que muchos iban a ser acogidos en el albergue, decide que, por encima de todo y antes de que eso ocurra, tiene que convencer al director de sus planes, tiene que acelerar su cita con él. Y a lo mejor Montse puede interceder. No la había visto desde aquella primera vez, cuando llegó del pueblo y, al salir hablando por televisión, se da cuenta de que tiene mala cara, en la pantalla aparece con muchas ojeras. Se va a verla al día siguiente, con un ramo de flores.

Cuando Montse lo vio aparecer, estuvo a punto de echarse las manos a la cabeza, ¡lo que le faltaba!, atenderle, con todo el trabajo que tenía. Se le veía desmejorado, más delgado que cuando llegó del pueblo. Así que puso esa cara de ajo seco que se le daba tan bien, le miró torciendo la cabeza y dijo: «Vaya, vaya, a quién tenemos aquí». Hércules baja los ojos, tiene las manos atrás y de una de ellas, como hacen los magos cuando de una chistera sacan un conejo, planta un ramo de flores encima de su mesa.

—Esto es para usted, señorita Montse.

Montse se enterneció con el detalle, sobre todo cuando pensó en el dinero que le habría costado, la de propinas que habría invertido en él. Le dio las gracias y le preguntó qué quería, pero en un tono más bien seco, que no se hiciera muchas ilusiones.

Hércules le pide que interceda ante el director para que le cambie de cama y que le deje barrer y permanecer en el edificio con tal de no estar todo el día callejeando.

¡Cómo podía venirle con esas! Al final, más por quitárselo de encima que por otra cuestión, le dijo que hablaría con el director.

Pero Montse no lo hizo. Aquellos días estaba frenética con los realojos y aquello le pareció tan nimio que se le olvidó. Cada vez que iba al lugar de la inundación todas las familias la abordaban como si fuera la responsable, era la parte más cercana de la Administración y enseguida soltaban eso de: «¡Vosotros los políticos!».

Montse trataba de explicar y matizar que no, que ella solo era un técnico, que trabajaba a sus órdenes, pero claro, la situación en la que se encontraban aquellas personas no daba para sutilezas ni matices, así que se tragaba todo el chorreo que correspondía a otros.

—¿POR QUÉ no vienes esta noche a casa? —me suplicó Montse por teléfono.

—No he terminado el artículo, tengo que dar la cena a la niña, acostarla...

—Es que tengo un cotilleo jugoso.

Sopesé la situación y no tardé mucho en contestar:

—Mira que eres, cómo me tientas.

—Anda, porfa, te puedes quedar a dormir con la niña y desde aquí la llevas a la guardería. Podemos desayunar juntas.

—Vaaale, pero como el cotilleo no merezca la pena te enteras. ¿A qué hora llegas? Lo digo para preparar la cena.

—No, mujer, hacemos picoteo.

—Bueno, tendré algo para cuando llegues.

Como tenía llave de su casa, ella también de la mía, decidí ir un poco antes, ya acabaría el artículo después. Cogí a la niña, bajé a comprar al mercado y la llevé al parque, tenía que cansarla un poco más para que durmiera mejor. Es lo que solía hacer. Así caía rendida y nosotras podíamos charlar tranquilamente. Al llegar a casa de Montse preparé primero la cena de mi hija, le puse el pijama y dejé que jugara otro rato. Luego la acosté en la cama de Montse, con almohadas a los lados para que no se cayera. Estaba acostumbrada a dormirse en cualquier sitio, tal y como yo era en aquel entonces no le quedaba otro remedio a la pobre. Después me la llevaría dormida a casa envuelta en una manta o dormiríamos las tres juntas, nosotras dos a los lados y la pequeña en el medio.

Cuando Montse llegó, la cena estaba fría, la niña dormida en la cama y yo me había quedado traspuesta en el sofá del salón. Lo de las inundaciones la estaba trayendo por el camino de la amargura. Venía en un estado de agotamiento y crispación preocupante. Se derrengó en el sofá a mi lado y decidí servirle una copa de vino. Era difícil cenar hasta que no se recuperase un poco. Esperé a que se cambiara de ropa, se pusiera las zapatillas y a que el vino hiciera efecto. Empezó a relajarse. Yo no me atrevía a preguntarle nada, ni del trabajo ni del cotilleo. Era mejor esperar a que saliera de ella, como así sucedió.

—¡Vaya día! Si te lo cuento, no te lo vas a creer. Entre unos y otros me van a volver loca.

Saqué unas aceitunas y unas patatas fritas. Cuando venía con el estómago crispado, empezaba por las aceitunas, despacio. Cuando pasaba a las patatas fritas era porque ya le entraba la comida y podíamos sentarnos a la mesa. Seguimos en silencio un buen rato, esperé hasta que me dijo:

—Vamos a cenar. Solo he comido un sándwich al mediodía. El concejal está histérico y la paga conmigo, como si yo tuviera la culpa de todo y, cuando voy a la zona afectada, los vecinos me echan en cara que no hacemos nada. Y yo, la verdad, me siento impotente.

Tener a familias durmiendo en un pabellón deportivo, aunque fuera unas noches, aunque se les llevaran colchones, mantas o comida, era una chapuza. Quizá el albergue era mejor, pero a muchos de ellos eso les sonaba peor todavía. Los que podían optaban por irse con un familiar. En Distrito Sur no había hoteles para alojarlos ni presupuesto municipal para hacerlo.

Mientras estaba en la cocina, calentando el pescado en el microondas, oí que me decía:

—¿A que no sabes quién ha venido a verme?

—No —contesté—. ¿Tiene que ver con el cotilleo que ibas a contar?

—¡Mira que eres bruja! ¿Cómo lo has adivinado?

Me eché a reír. Montse se había relajado, había obviado los problemas del trabajo y entraba ya en otra dinámica, más propia de ella.

—Cuenta, anda, que me tienes en ascuas.

—Hoy se ha presentado en el ayuntamiento ¡tachán, tachán!: Hércules León. Me ha encontrado por los pelos, justo cuando me disponía a salir.

—¿El barrendero aquel que enviaste al albergue?

—Sí.

—O sea, que no se ha vuelto al pueblo. ¿Qué quería?

—Si te lo cuento, te partes. Quería que yo, o sea, yo, la Montse, con todo lo que tengo que hacer en estos momentos, hablara con el director del albergue para que le diera una cama junto a una ventana, la que tiene no le gusta.

—¿En serio?

—¡Ocuparme de eso... por Dios! Eso sí, muy educado, como siempre, me ha traído flores, se habrá gastado una pasta, pero anda que... con la que me está cayendo. Este tío no sé de dónde ha salido, de algún planeta extraño o algo así.

—¿Y qué le has dicho?

—¡Qué le voy a decir! Que sí, que vale, más que nada para quitármelo de encima, pero, la verdad, se me ha olvidado.

Muy cansada tenía que estar para que fuera tan displicente al hablar de uno de los suyos, como les llamaba, pero yo sabía que en ella era un mecanismo de defensa, que, en el fondo, independientemente de lo que a mí me contara, se preocupaba por todos y cada uno. Me estaba contando también que Hércules quería pasar más tiempo en el albergue, a cambio de barrerlo, cuando la niña empezó a llorar:

—Espera, voy a ver qué le pasa.

Al cogerla en brazos noté que estaba caliente, me dio la sensación de que tenía fiebre y no me había llevado ningún antipirético. Era la edad de la guardería, cada dos por tres andaba con mocos, tos de perro o algo de fiebre, nada grave, pero se me rompió el plan: al día siguiente se tendría que quedar en casa y no tendría tranquilidad suficiente para el artículo que tenía que escribir.

—Montse, me voy a casa con la niña, no se encuentra bien.

—¿Algo serio?

—Lo de siempre, pero le daré la medicación y me pondré esta noche con el artículo. Mañana no puede ir a la guardería.

—Te seguiré contando sobre Hércules. Sé que te interesa.

—Ay, sí, por favor, mantenme al tanto.

EL DIRECTOR del albergue se encuentra firmando unos papeles cuando Hércules entra en su despacho, sin ser consciente de que Montse no había intercedido por él, que se le había olvidado. Sin esa seguridad añadida no se hubiera atrevido a intervenir.

El director le conmina a sentarse: «Enseguida estoy con usted... en cuanto firme esto... ya casi le atiendo... Bien, ¿qué es lo que quiere?». Al levantar la cabeza ve a su interlocutor. No había vuelto a hablar con él a solas desde su llegada, aunque sí lo hacía cuando bajaba a ver a sus alojados, no cuando había pocos, entonces no se molestaba en inspeccionarlos. ¿Para qué si los tres o cuatro que había estaban controlados? En cambio, con las lluvias o el frío, se paseaba entre ellos, su tripulación al completo decía, y de paso echaba un vistazo a las cocinas, las camas por la noche, la limpieza de la mañana. Entonces sí, porque su albergue era un hervidero y le hacía sentirse como el capitán de un barco en medio de la tormenta.

El director, al ver a Hércules, sin darle tiempo a nada, arremete con su verborrea:

—Ah, es usted. ¿Todavía por aquí? Ya lo suponía. ¿Le gusta más mi albergue ahora? Es una pena que no haya venido su padre, me gustaría invitarle a comer. ¿Sigue usted barriendo? Me han dicho que sí. Por cierto, ¿es ya la hora de comer?

Hércules le mira como un pasmarote, con la boca abierta para contestar, sin decir nada: «Así me gusta la tripulación, que escuche», dice el director, hasta que ve a Hércules que levanta el índice de la mano izquierda: «¡Ah, qué chiquillo, igual que se hacía en la escuela!». El director se pone a hablarle de su infancia o de su padre hasta que, tras un largo rato con el dedo levantado, Hércules se atreve a interrumpirlo, habla muy rápido, sin hacer pausas, para que no se le corte el hilo de su argumentación:

—Verá señor director estoy muy contento en su albergue mi padre le manda saludos y me dijo que tenía un gran recuerdo de usted y que cuando pueda vendrá a visitarnos y por mi parte quisiera pedirle un favor.

—¿Un favor? ¿Se puede saber en qué piensa? ¿No sabe que a un director no se le piden favores?

—Perdón no quiero ofenderle solo que...

—¿Qué?

—Que su albergue estaría más bonito si yo lo barriera.

—¿Insinúa usted que mi albergue está sucio?

—¡Oh, no por Dios! De ningún modo solo que...

—¿Qué?

—Que con la lluvia no tengo trabajo y no puedo estar de brazos cruzados y he pensado...

—¡Ah! ¿Usted piensa? Buen muchacho, sí señor, continúe.

—Puedo barrer el albergue y su despacho, se lo dejaría como nuevo.

—Ya hay una empresa de limpiezas que se encarga del edificio.

—Yo no quiero limpiar solo barrer y además entiendo que no tenga usted dinero para pagarme yo lo haría a cambio de...

—¡Ah!, no es propio del hijo de su padre poner condiciones.

—No por favor no me malinterprete y si usted buenamente quiere puedo barrer a cambio de estar aquí mientras llueve y de una cama frente a una ventana y solo pido eso porque mi litera está tan pegada al techo que no puedo dormir y necesito ver el cielo por las noches porque solo así concilio el sueño.

—Vaya, qué cosas. Está bien, pero empezará por barrer mi despacho, aunque no le dé tiempo a más. La verdad, la contrata limpia por encima, eso dice mi esposa cuando viene. En cuanto a la cama, vaya ahora a escogerla. El albergue se va a llenar y más tarde será imposible. Coja usted la que le convenga que ya me encargaré yo de que nadie se la quite.

—Oh muchas gracias señor no se va a arrepentir eso se lo garantizo y ya verá que soy una persona cumplidora gracias señor gracias.

Haciendo repetidas reverencias, abandona el despacho y, en cuanto cierra la puerta, se pone a saltar por el pasillo, dando zapatetas a un lado y a otro. Después recorre el edificio, inspeccionando todas las dependencias. No lo había hecho antes por no tener permiso. Recorre el torreón central, donde se encuentra el despacho del director; baja después al segundo piso, con el resto de las oficinas y, por último, la planta baja, la de la entrada y servicios comunes: duchas, aseos, armarios y comedor. También en la planta baja están los dos alerones, a derecha e izquierda, que contienen los dormitorios, uno para mujeres y otro para hombres. Esto lo conoce mejor, son las dependencias que usa a diario. Hay camas para setenta personas y con las lluvias que han caído y lo del realojo, lo más seguro es que se llene. A partir de entonces Hércules tiene una cama baja al lado de una ventana y una porción de cielo a través de ella. Y barre el despacho del director antes de que este llegue. Quiere impresionarle, y vaya si lo consigue, lo mantiene impecable. Un despacho luminoso, con paredes cubiertas de estanterías y en el medio, sobre una alfombra persa, su escritorio. Hércules barre con meticulosidad, moviendo sillas, alfombras, anaqueles. Le cuesta meter la escoba por la parte baja de las estanterías y sacar la porquería acumulada, pero desde que él barre el director no encuentra ni una pelusa. Allí hay más libros que en todo su pueblo, incluyendo la escuela y el archivo parroquial, y Hércules aprovecha su privilegio para leer los títulos de los lomos. Libros grandes, pesados, llenos de mapas y fotos de la Tierra y del Universo. El director era un adicto a los atlas: atlas de geografía, atlas histórico universal, lugares misteriosos de la Tierra, todo un sinfín de variantes.

Han hecho un buen acuerdo. El director está contento y Hércules también. Le ha garantizado la cama que quería, al lado de una ventana para poder ver el cielo por las noches y le ha permitido la estancia en el edificio a todas horas, lo mismo que a Negro Smith. El único problema que no pudo resolver fue el del chucho Ulises porque no estaba permitido en el albergue, así que continuó viviendo y mojándose en la calle, aunque Hércules le proporciona comida y algún paseo a su lado, que suele realizar cuando escampa.

LO QUE ella cuenta me saca de mi abstracción, con lo tranquilo que me hallaba yo observando la estrella Matusalén, la más antigua que el telescopio humano ha podido captar, nacida en la primera hornada de estrellas del cosmos, tras el Big Bang. De ahí el apodo, Matusalén. Tiene también un nombre científico, de esos con letras y números, pero no sé cuál es ni me importa. Para mí, rodeado de estrellas, es lo de menos. Estrellas, estrellas, un sinfín de ellas, como los púlsares, estrellas de neutrones con una densidad inmensa que giran sobre sí mismas, a mucha velocidad. Desde la Tierra lo que veíamos era una luz que aparecía y desaparecía. Todas las estrellas las ha formado el universo, hay que ver lo que aprendo, al liberar energía sobre el helio y el hidrógeno y descomponerse en protones, neutrones y positrones. Según van envejeciendo se empobrecen de hidrógeno y se enriquecen de helio. ¿Y qué decir de los neutrinos, los fantasmas del universo? Me gustaría ser una de esas partículas sin apenas masa, capaces de atravesar cualquier cosa, por sólida y densa que sea, sin chocar con ningún átomo. Todo eso lo contemplo aquí, en nuestra galaxia, sin necesidad de ir a otras, es lo suficientemente extensa para estar entretenido, con un tamaño de doscientos mil años luz, de lado a lado. Y en esa inmensidad, aparece una voz contando mi historia. *Podía callarse, que no me lleguen sus vibraciones, que me inunde el silencio.*

La verdad fue que la primera noche en el albergue, según llegué a la litera que Negro Smith me había destinado, sentí miedo, me ahogaba, no por el argumento que usé entonces, la necesidad de ver el cielo, sino porque oí gemidos y ruidos extraños, alguien que se quejaba, voces, susurros, muebles arrastrados. Miré alrededor, parecían venir de la litera de abajo, o de una esquina, pero no había nadie. Los gemidos aumentaron, a veces eran gritos, en otras alguien lloraba. Me asusté. Salí corriendo a la azotea. Por eso decidí dormir en ella. Cuando empezaron las lluvias y volví a la litera, los escuché otra vez. No la primera noche, ni la segunda ni la tercera, pero al cuarto día volvieron los gemidos. Se lo comenté a Negro Smith que me miró como si yo estuviera loco. Al día siguiente, de nuevo gritos y además ruidos secos, como de golpes llamando a una puerta o en una pared. Durante unas noches desaparecieron y conseguí dormirme, pero volvieron de madrugada. Sucedía solo de vez en cuando, así que pensé que si estaba en el albergue más tiempo podría averiguar de dónde venían y si tenía una cama al lado de la ventana, me angustiaría menos. Allí, en aquel edificio, debió de pasar algo, algo extraño, malévolo, que yo no conocía. He tenido que morir para percibirlo de otro modo.

¡HABÉIS VUELTO! ¿Solo han pasado tres días? Pensé que más. En esta residencia el tiempo pasa muy despacio, nos tratan como a niños pequeños y nos tiran una pelota para que la recojamos y ponen música y se empeñan en que cantemos y si no, en que cortemos papelitos de colores para luego pegarlos y hacer *collages*. Y ni siquiera tenemos una educadora especializada, apenas hay personal. En una pantalla sale una mujer que nos manda hacer cosas, pero va a tal velocidad que es muy difícil seguirla. La pelota sale disparada como de una máquina y la mayoría de las veces falla, falla la monitora, no nosotros, con un poco de suerte cae al suelo, eso si no te da en la cara. Así que, en vez de cogerla, la esquivamos como podemos, tanto las que estamos de pie, como yo, como las que van a todos los lados en silla de ruedas. A este paso, y como sigan recortando en personal, nos asignarán a cada persona un robot-silla, aunque yo prefiero andar mientras pueda. Me imagino una silla que va detrás de mí, con unos sensores que le indican la distancia. A la hora de comer terminarán poniéndonos camareros-robot que echarán la comida en el plato y las cámaras vigilarán que nos lo acabemos todo. Los que no se valen por sí mismos están en la última planta, nunca salen, ni siquiera al jardín. Allí tendrán máquinas especializadas en dar de comer, pero como te ladees en la silla de ruedas, puedes quedar fuera de tiro y la comida se desparramará por la cara. Llegará un momento en que todo eso ocurra, cerrarán las habitaciones de forma automática, como en la cárcel, y si no estás dentro a esa hora, a dormir en el pasillo, eso sí, sentada en tu silla de ruedas. Yo me defiendo de todo eso y por si acaso llega, cuando veo que me tiembla la mano a la hora de comer, digo que no tengo hambre, no vaya a ser que con el tembleque decidan cambiarme de planta. Conseguí plaza cuando la epidemia se llevó por delante a muchos viejos y otros volvieron al hogar familiar. Pero de todo aquello no aprendimos casi nada, salvo robotizar, la inteligencia artificial, el teletrabajo. Yo tengo suerte. Puedo salir y entrar, tengo mis libros, mi ordenador, hablo por videoconferencia con mi hija, que está en Noruega. Estáis vosotros, que me obligáis a recordar, a repasar aquella época. ¿Por dónde íbamos? Ah, sí, el primer otoño de Hércules en la ciudad, el de las lluvias e inundaciones. ¿Un otoño especialmente húmedo? ¿Inundaciones? ¿Casualidad? Ya entonces se hablaba de ello: el planeta no es sostenible con tanto consumo, crecimiento urbanístico, viajes en avión, contaminaciones de aguas y aire, gobiernos que lo niegan y gran parte de los habitantes del mundo también, por no perder privilegios asentados. Estoy convencida de que las incursiones a otros planetas, a Marte, las sondas y satélites enviados al espacio, obedecen a la necesidad de buscar otro lugar para vivir, nosotros ya estamos condenados. Poco margen de maniobra os hemos dejado, porque si todo eso se cumple, se salvarán unos pocos, la élite económica o científica, a lo mejor ni eso. La vida en la Tierra podrá continuar, pero la especie humana no. No se perderá gran cosa. Yo espero morir antes. A vosotros os toca verlo o cambiarlo. Sí, soy pesimista. ¿Sabéis por qué? Los avances en la humanidad se deben en cierto modo a los pesimistas; sin ellos, sin sus señales de alarma, sin sus visiones y capacidad de alzar la voz, no se hubiera reaccionado. Ser pesimista es el último acto de optimismo.

TRAS LA MUERTE del dictador, los nuevos gobernantes acometieron el adecentamiento de Distrito Sur. Debíamos estar a finales de los 70 y principios de la década de los 80, en el siglo pasado, cuando uno de los trabajos que me encargaron como periodista fue elaborar un mapa en el que pintaba de rojo las calles que aún estaban sin asfaltar y de azul las que no tenían alumbrado. Al acabar lo entregaría a las instancias municipales y haría un artículo laudatorio, que saldría en el periódico oficial del Ayuntamiento. Era trabajo de campo, calle por calle de un distrito que había crecido desmesuradamente. Extensas zonas estaban habitadas todavía por chabolas, adecentadas por sus habitantes, por las primeras asociaciones vecinales, los primeros movimientos de barrio según se iba perdiendo el miedo, con generaciones nuevas dispuestas a dar la tabarra. Me pagaron muy bien aquel trabajo y pensé que a partir de ahí todo iría sobre ruedas.

Durante la dictadura, en los años de posguerra, las migraciones internas de los pueblos a las ciudades desplazaron más de cuatro millones de personas, mientras que un millón y medio de compatriotas emigraron a Europa.

Según los periódicos de entonces, tres mil familias diarias llegaban a la ciudad: nuestro milagro económico. Asustados ante tal avalancha, se publicó un decreto para frenar los «asentamientos clandestinos», así se los llamaba. Era un decreto que comenzaba así: «La afluencia constante a Madrid de familias procedentes de otras capitales y pueblos de la nación carentes, por lo general, de medios económicos, sin profesión determinada ni domicilio en que recogerse, lleva consigo una sistemática construcción de chabolas, cuevas y edificaciones similares en el extrarradio de la población, ocupando terrenos lindantes con importantes vías de comunicación e incluidos en planes urbanísticos aprobados o en proyecto». El decreto llamaba a «proceder al inmediato derribo de las cuevas, chabolas, barracas y construcciones similares realizadas sin licencia, en el extrarradio de Madrid, para iniciar seguidamente los expedientes de expropiación». A su vez, se instaba a los ministerios de Gobernación, Trabajo y Vivienda a «organizar un Servicio de Vigilancia en el extrarradio de Madrid».

Así se pretendía prohibir la entrada en Madrid de las familias que no contasen con vivienda y, al mismo tiempo, se aprobaba otro decreto para impedir el asentamiento clandestino, derribando chabolas y devolviendo a sus habitantes a su lugar de origen. Pero la miseria no se puede parar y riadas de inmigrantes siguieron llegando, construyendo, trabajando. Supuso el gran crecimiento de las ciudades, lo llamaron desarrollismo, desarrollismo de chepas en la carga y descarga de mercados; desarrollismo de hígados alcohólicos tras subir al andamio; desarrollismo artrítico por humedades y horas en la calle, de ventas ambulantes o de casa en casa. Pero trajo un profundo cambio social, la rebelión de unos barrios que querían mejoras, luchas contra los Planes Parciales impuestos y la falta de infraestructuras. Los barrios periféricos fueron levantados entre todos, caóticos, a imagen y semejanza de los pueblos que dejaban, sillas de enea las tardes de verano con las mujeres en la calle, haciendo corrillo y propagando chismes, protegiendo lo que la policía buscaba, sin saber muy bien qué era, daba igual, el enemigo enfrente, pero aquí no robes, chaval, vete a otro barrio, no quites nada a quien nada tiene...

HE SOÑADO con Hércules. Tanto invocarlo, al final se me ha aparecido. ¿Significará algo? ¿Qué querrá mi subconsciente? Cuando sueño con mi madre y me dice «No te asomes, no hagas esto, mira que te doy con la zapatilla, cuidado no te caigas», o me coge de la mano, tengo la sensación de que quiere cuidarme; cuando sueño con el abuelo, me cuenta el cuento, el único que se sabía, el cuento de Barrabás que en el infierno arderás, y según lo iba contando hacía un pequeño muñeco con un papel de fumar, retorciéndolo, y cogía un vaso de agua y un palillo. Barrabás tenía que confesar en el potro de tortura y no lo hacía. Entonces el abuelo, con el palillo cogía una gota de agua y la echaba encima y lo que antes había retorcido con el agua cobraba vida, el muñeco se movía. Primero iba contando poco a poco sus fechorías mientras daba forma al cuerpo, las piernas, brazos y cabeza, todo enrollado y, al soltarle la gota de agua, se desenrollaba como si se moviera de verdad. El abuelo gritaba como Barrabás: «Aahhhh», y decía, «Arrepiéntete Barrabás, o en el infierno arderás»... un cuento poco aleccionador para niños, pero a mí me encantaba porque el abuelo sonreía de tal modo que nunca daba miedo y porque lo de menos era la historia, pendientes de cómo se retorcía aquel muñeco realizado con papel de fumar. He seguido haciéndolo durante mucho tiempo, primero a mi hija, después a los nietos. Lo de menos era lo que les contaba, ya ni me acuerdo, también la expectación estaba en ver cómo se retorcía.

He soñado también con Montse y con amigos muertos, cuando estaban vivos no lo hacía. Por eso pienso que se me aparecen, lo que dicen o hacen está lleno de significado. Es la forma que tienen de presentarse, cuando tu raciocinio está dormido y las defensas bajas. Si no, nos asustaríamos demasiado. Pero hecho así, al despertar, siempre decimos: «Bah, era solo un sueño». ¿Seguro? No lo tengo tan claro. Bueno, a lo que iba. Hércules se me apareció en sueños. Seguía siendo él, pero con contornos difusos, como si lo viera en un espejo deformante, de esos que hay en las ferias y parques de atracciones. Quizá sea así como se mantienen en el más allá, como una imagen distorsionada de lo que fueron. Se me acercó y agarrándome de las muñecas me dijo: «Coge las manos de Montse». Al despertarme, me acordé de que Montse siempre se fijaba en las manos, antes que en cualquier otro rasgo anatómico. Para ella suponían el vínculo de una persona con el exterior, lo más cercano y fácil de aprehender, una de las partes más expresivas, que atrapan el aire, ocultan tristeza al taparnos la cara y recogen lágrimas si no tienes pañuelo. Manos que imploran, sacuden, se cruzan, cuidan y miman, puños que agreden, tensos, que luego se relajan. Si queréis saber cuándo un bebé está profundamente dormido, solo hay que mirarle las manos, el puño se abre y queda tan relajado que puedes moverlo de un lado a otro sin que se despierte. La Montse que yo conocí no es la misma que habéis vivido vosotros, porque tuvo que cumplir otro rol. La recuerdo estrambótica y contradictora, llena de neuras, muy sentida, divertida y serena, superficial y profunda. Una persona tiene en sí muchas, es un prisma que refleja distintas facetas según le dé la vida, el momento en que esté, el papel que desempeñe. Y el de cuidadora, educadora y madre adoptiva es vertical, quizá demasiado. El que vosotros vivisteis. «Coge las manos de Montse.» Eso me dijo Hércules en sueños y, al despertarme, entendí que las manos de Montse en los últimos años habían ido hacia vosotros, a cuidaros. «Coge las manos de Montse»: sois vosotros.

El pasado no se borra, por mucho que se quiera. Está ahí, latente, en las entrañas de la historia de cada uno, en los tabúes familiares, en lo que no se cuenta y aflora. En vosotros también. Y en los edificios. También tienen un pasado, está ahí, en ellos, entre tuberías y rincones, ladrillos y argamasa.

No os vayáis todavía. La residencia es aburrida. Salvo en ocasiones. Por Navidades ponen un belén grande y adornan los pasillos con espumillón y horteradas de esas. Ponen también un árbol con paquetes de regalo debajo. Vacíos. Un día lo comprobé porque había una residente empeñada en que eran de verdad, para nosotros. Los abrí para que viera que eran de mentira. Me echaron la bronca y del cabreo que cogí robé un Rey Mago, Gaspar creo que era. Baltasar me cae simpático. Fue ahí donde descubrí la cámara que nos vigila. Supieron que había sido yo y me castigaron sin turrón. Ahora sigo robando algo, pero solo una oveja y lo hago con tal disimulo que el ojo que todo lo ve no me pilla. Para carnavales nos ponen unos gorritos y un matasuegras en la boca. Qué cretinez. Algunos ancianos se quedan dormidos, resoplan y el matasuegras con ellos. Insoportable. En las festividades locales nos dan chocolate con churros. Eso me gusta. Y nos ponen chotis, que también. Pero en otoño nos hacen recoger hojas secas del jardín para pegarlas en el papel, como si estuviéramos en un jardín de infancia. Me jode esa tendencia a infantilizarnos. Aunque creo que quería hablaros de otra cosa, ah, sí, del pasado, del pasado que no se borra y que también tienen los edificios, como el del albergue donde estaba Hércules. Antes tuvo otro uso.

TENÍA UNA fachada suntuosa, había sido una de las sedes del antiguo régimen, la sede del llamado Movimiento Nacional. Se construyó después de la guerra, cuando toda esa zona constituía las afueras, rodeado de huertas y bosques de pinos y encinas que fueron diezmados en los años sucesivos para hacer leña y encender las chimeneas de la zona rica de la ciudad. Se llenaban camiones enteros de madera para venderla a quien pudiera comprarla y los miserables esperaban por si se caía o era desechado un trozo o una rama, que rápidamente desaparecía para hacer fuego con ella.

En el edificio se custodiaban los archivos de afectos y desafectos al Régimen, los despachos de las fuerzas locales, las banderas, insignias y camisas azules de aquella época. Había sido un lugar donde en verano se realizaban campamentos con los pequeños, que por entonces se llamaban colonias veraniegas. Lo que se vendía como aire puro, ejercicio físico y disciplina castrense, ocultaba adoctrinamiento, brazo en alto y cánticos de los vencedores. En los sótanos se encontraban los calabozos. Después, al final de la dictadura, el edificio cerró y se quedó a caballo entre dos tiempos. Nadie se atrevió a tocarlo. Era como si su interior guardara los fantasmas del pasado o como si no se le quisiera dar ningún otro uso porque las tornas todavía no habían cambiado del todo y lo de antes podía regresar. Pero el sentimiento ciudadano ya había cambiado, sobre todo entre la gente joven, que había perdido el miedo y sentía la necesidad de enterrar o quemar lo que pasó en este país. Empezó a correr la noticia: faltaban locales para la nueva etapa y aquel, un edificio enorme, estaba cerrado.

Una coordinadora de grupos culturales, que por aquel entonces intentaban paliar la desidia y la tristeza con diversas actividades, decidió tomar la iniciativa y una mañana de invierno, con lluvia y paraguas, bajo el lema «Queremos este local para centro cultural», se concentraron en la puerta para hacer saltar el candado. Cuando llegaron, también estaba la policía. Unos les distrajeron hablando y, mientras, Pepe el Tuercas (os hablaré de él) consiguió hacer saltar el cerrojo. Cuando la policía se quiso dar cuenta, cuatrocientas personas habían entrado. Ha habido después muchos okupas, pero aquellos fueron pioneros, al menos en mi memoria.

Silencio al entrar. El edificio estaba por dentro como si se hubiera cerrado la noche anterior y lo hubieran dejado todo dispuesto para despertarlo de nuevo a toque de corneta, como si pensaran que la democracia iba a ser provisional y que tarde o temprano volverían los viejos tiempos de brazo en alto y gobierno férreo. Eso fue lo que fascinó a quienes lo ocuparon, que se mantenía intacto: las banderas de la entrada, los despachos con alfombras, mesas, sillas; los archivadores metálicos donde se encontraban las fichas de sus miembros y, en otros, los fichados por el régimen; los vestidos de los bailes folclóricos se encontraban en los armarios, limpios, planchados, prestos a utilizarse, con una fina capa de polvo, nada más que eso; había chapas metálicas, tinteros, un salón de actos con butacas de terciopelo rojo, el bar. Una planta, dos, tres, con el torreón que luego fue el despacho del director del albergue; los dormitorios en los dos alerones existentes y, en el altillo, un almacén, donde se encontraron urnas de cristal, de la época de la República, llenas de polvo y medio rotas por el desuso, junto a balanzas romanas, se supone que para pesar el estraperlo; relojes de pared desechados, sillones inservibles o mesas sin una pata. Vestigios de un pasado que aún se conservaba intacto. Mi primera impresión fue la de un edificio con vida propia, como un padre malvado, frío y calculador que disfrutaba disciplinando a sus hijos y que, una vez muerto, seguía controlándolos a través del gran retrato que dominaría el salón de la casa. De sus muros emanaban sentencias, órdenes y dictados morales. Por los pasillos y escaleras se podían percibir huellas de cadenas que finalizaban en los calabozos, sonidos que se repetían en las esquinas, rincones impregnados de autoridad y miedo. El edificio hablaba. Por las tuberías corrían gritos antiguos y lamentos de los desdichados, los mensajes que se pasaban unos a otros a través de las celdas, de los muros: «Aguanta, chaval, no te derrumbes»... Parecía que de un momento a otro surgiría un jefe de escuadra pistola en mano y todos nos echaríamos a temblar o saldríamos en estampida. Pero no ocurrió así. La policía no entró y, tras recorrer todas las dependencias, fuimos, eufóricos, al salón de actos. Trescientas butacas de terciopelo rojo, a juego con los cortinones que cubrían el escenario. Todo un lujo para unos pocos en un barrio tan necesitado de todo, con cines cutres, de butacas desvencijadas, y ningún centro cultural en condiciones. Aquel edificio, remozado, podía ser una maravilla, una rosa en pleno desierto. Hubo una asamblea. Unos pocos saldrían para elaborar un llamamiento y explicar al barrio lo que habíamos encontrado. Se mantuvo el local abierto durante unos meses, siempre con gente dentro, con turnos para dormir y evitar de nuevo su cierre. Se utilizó para reuniones, alguna obra de teatro con sus ensayos previos, conciertos y universidades populares. También para los primeros carnavales de la democracia. Al principio acudía poca gente, pero con el paso de los días el salón de actos fue llenándose, mujeres dando teta a bebés, jóvenes, mayores que exorcizaban el pasado del edificio. Otros, que habían pasado por los sótanos, donde estaban los calabozos, contaban su historia emocionados y buscaban su ficha para romperla. Habían estado allí, sí, pero nunca en las dependencias lujosas. Aquellos meses fueron una isla, como si el tiempo hubiera avanzado sobre el edificio de manera distinta al resto del país, permitiendo que allí la libertad se expandiera, volara libre por las escaleras y rincones, dejando caer su halo protector sobre las cabezas de los ocupantes. Todo era euforia, alegría y sensación de victoria, se acababa con la pesadilla, parecía que tras una larga noche de años las nubes se disipaban y volvía el sol.

El bar funcionaba a diario y los más viejos del lugar empezaron a acudir para jugar a las cartas o una partida de dominó. Pero llegó una noche y, como siempre, la policía procedió al desalojo justo cuando los vecinos habíamos bajado la guardia. Cayó una multa colectiva que fue recurrida por un grupo de abogados laboralistas y finalmente condonada.

Echaron de nuevo el candado. Había habido previamente un intenso debate. Unos eran partidarios de dejar el edificio como estaba, de no sacar nada para la posterior exhibición de aquellos infaustos años. Otros proponían sacar cuanto antes el archivo, pero perdieron la votación. Cuando todos vieron el resultado y les dieron la razón, era demasiado tarde. El local estaba cerrado a cal y canto, con vigilancia policial. Aun así, se consiguió romper el maleficio del lugar, se había profanado con nuevas actividades y algarabía juvenil. Un camión se llevó los muebles, se iniciaron obras dentro y se pintó la fachada de color crema. Los edificios públicos del anterior régimen eran casi todos de granito o de ladrillo, color gris o rojo. Se graduó el color como si se graduara el cambio que se estaba dando en el país y le impusieron un color leve en su fachada. Fue así como se convirtió en albergue municipal. Tras la ocupación, el desalojo y la multa posterior, vino la necesidad de abrirlo de forma pública, pero el peso del régimen anterior evitó que fuera para el barrio. Aunque no fue un centro cultural, se le designó un uso de albergue municipal para los nuevos tiempos. Acabamos con el símbolo del pasado.

No solo estuve allí, también cubrí la noticia para el periódico más importante de la época, una de mis pocas glorias.

Después, tras su cierre definitivo, de lo que os hablaré más adelante, vendría la piqueta para el derribo, en su lugar se levanta ahora un edificio de viviendas. La especulación volvió a ganar. Pero esa es ya otra historia. Pese al remozado que le dieron, el edificio seguía teniendo dentro el peso de lo siniestro. Creo que era por eso por lo que muchos preferían seguir en la calle antes que alojarse en él.

¡ESE ERA el sentido de las voces que escuché en el albergue! Lo percibo ahora con claridad. Ya sé a qué se debían: eran los gritos y lamentos de quienes pasaron por los calabozos, que se quedaron atrapados en los muros. No entiendo por qué los demás no los oían, o a lo mejor sí, y por eso los mendigos se resistían a dormir en el edificio. Percibí con toda intensidad lo que aquellas paredes encerraban, una energía triste y alterada, los ecos de sus lamentos. Lo curioso es que cuando subía a la segunda o tercera planta, las voces apenas llegaban, no digo ya cuando estaba en el torreón, barriendo en el despacho del director. Parece mentira que estando a tanta distancia de la Tierra, llegue hasta mí la historia que se está contando, que siga vinculada mi energía a la de esas personas. Claro que desde que me hallo aquí y me he fusionado con otras energías, ha aumentado mi potencia y percibo las vibraciones terrestres con más claridad que recién fallecido, que no me enteraba de casi nada. Bastante tenía con resituarme a la espera de algo sin saber el qué; después, con la primera fusión, intuí que cuantas más mejor, las voces eran más nítidas, las percepciones llegaban mejor, las vibraciones se acercaban como ondas interespaciales, y la conexión con otras energías empezó a fluir. Ahora espero y estoy atento. Mientras, me dedico a lo que

tengo alrededor. Ahí, a poca distancia de donde estoy, hay una cefeida. Es como un faro, lanza destellos más o menos largos, en intervalos que varían entre un día y varias semanas, en una secuencia que siempre se repite. No hay muchas, cuatrocientas en la Vía Láctea, que tiene 200.000 millones de estrellas. La duración del destello depende de su luminosidad intrínseca y no de la aparente, que es la que llega a la Tierra. Esto permite marcar referencias en el cielo. Basta hallar una en cualquier esquina del universo, para poder obtener la distancia a la que está, solo hay que ver su luminosidad real y compararla con su brillo aparente. Quién me iba a decir a mí que el descubrimiento de estas estrellas podría servir para que los humanos midan el universo.

También noto otras energías que provienen de personas que han dejado temas pendientes antes de su muerte. Por eso están, estamos, tan en el límite de este espacio frontera. Pensé que yo lo había dejado todo dispuesto para mi marcha, pero no es así, porque aún no formo parte del universo en expansión, estoy en la antesala. A veces noto energías negativas cerca, pero puedo alejarme de ellas sin problema, de un modo más fácil que en la Tierra. También percibo, a través de la historia que se está contando, lo que dejé sin resolver, y quizá entonces escape, si mi energía aumenta o se fusiona con otras energías y a lo mejor es suficiente para que mi velocidad supere la de la luz. Es mi esperanza. Para eso he de saber, desde aquí, lo que se cuenta allí, en esa residencia de ancianos.

SITUÉMONOS AHORA en una tarde lluviosa, en una de las ocasiones en que el director ha abandonado el albergue y Hércules se dispone a barrer su despacho. Aquella vez, Negro Smith lo acompaña. De una conversación entre los dos, en una tarde ociosa con mucha lluvia sin nada que hacer y de una inspección poco habitual al despacho del director, surge una rutilante idea, la idea que convierte a nuestro barrendero en un personaje singular, diferente al resto de los barrenderos de la ciudad. Lo que allí ocurrió fue de boca a oreja entre el vecindario, me imagino que adornado y deformado al pasar por muchas personas, pero como me llegó, lo cuento.

—¿Cómo es posible que no sepas dónde está Praga? —le debió de preguntar Negro Smith.

—¿Acaso sabes tú dónde está mi pueblo? —responde el barrendero.

—No es lo mismo, por Dios.

—¿Cómo que no? Los dos son sitios donde hemos nacido. Yo no conozco el tuyo, tú no conoces el mío, pero yo sí que sé cómo es el sitio donde nací y tú en cambio no lo sabes, te fuiste de tan chico que ni te enterastes.

—Pero Praga viene en el mapa, tu pueblo no.

—Eso habrá que comprobarlo. Y ahí están los dos, en el despacho del director, observando los anaqueles, leyendo en el dorso los distintos tipos de atlas: atlas universal, atlas humano, un atlas por cada continente, un mapamundi, atlas de geografía con desiertos, ríos y mares; enciclopedias históricas con la humanidad desde el principio de los tiempos, hombres primitivos, la evolución, las vasijas de barro, los cohetes espaciales; guías de lugares mágicos, lugares imaginarios, ciudades desaparecidas, ciudades míticas. Es Negro Smith quien se decide por el atlas de Europa. Con el libro abierto, extendiendo el dedo sobre él, rozando el papel satinado, los mapas en color, las fotografías de diversas ciudades, bosques o ríos, Hércules intenta hacerse una idea de todo lo que no conoce. Su pueblo, en efecto, no aparece, Negro Smith le comenta que habría que buscar uno específico de su zona para encontrarlo. Praga sí estaba, bien pequeña en el mapa, pero con unas fotos esplendorosas que evocaban su historia. Su amigo había nacido en el corazón de Europa, en una ciudad perteneciente a un imperio desaparecido, a un país desaparecido. A Hércules eso le sobrepasa. Su compañero de albergue es especial, diferente a otros hasta en el sitio donde había nacido. Patrimonio de la Humanidad, por ella pasaron las guerras mundiales, los nazis, los soviéticos, al parecer, todo el mundo.

Si toda aquella belleza se contenía en un punto, ¡qué no habría a lo largo del globo terráqueo! A Hércules le da un vuelco la cabeza. Siente que se ensancha por dentro, como si los huesos del cráneo crujieran para abrir unas compuertas mucho tiempo cerradas y empezara a entrar un aire desconocido para él. Sobre todo, lo siente en los huesos de la frente y en los pómulos. Le duelen tanto que tiene que sentarse en la silla del director y tomar aliento. Empieza a atisbar las dimensiones de lo que nunca había visto, inmensos lugares que apenas ocupaban espacio en el mapa; aprende a medir a escala, a viajar por Francia, Bélgica y Holanda con solo pasar el dedo, kilómetros de distancia recorridos en segundos. Lo grande, lo pequeño, la relación entre ambos, lo que no conoce, lo que tiene pendiente. ¿Le daría tiempo a ver mundo?

Aquello fue el comienzo de su aventura como explorador. Lugares exóticos, continentes, antípodas, todo le resultaba fascinante; el mundo era tan inabarcable, que, para entenderlo, hacían falta muchos libros. Y toda una vida. Y ni aun así.

Después de aquella tarde, Hércules alarga siempre que puede su estancia en el despacho del director. Se retira cuando aparece, pero se queda barriendo los alrededores para entrar en el momento en que se queda vacío, que, en época de lluvias, es bastante a menudo. Esos días, con el albergue lleno, el director se pasea ufano por los pasillos, los dormitorios, el comedor. Suele pasearse como un capitán que tiene a su mando una tropa de mendigos. Aparece a la hora de cenar o en el desayuno y empieza a dar órdenes: «¡En pie!». Nadie las cumple. Todos siguen comiendo, como mucho Hércules y algún novato obedecen de cuando en cuando. Ni siquiera Negro Smith le presta atención. Pero el director no se amilana y se contesta: «Bien, sigan con lo suyo, ya he pasado revista». Va con las manos atrás y se acerca a las mesas. Si alguien se queja de algo, él se limita a contestar: «Bien, sigan con lo suyo». Si le mandan al cuerno, repite la frase dos o tres veces: «Sigan con lo suyo, sigan con lo suyo...».

Hércules se habitúa a viajar por el mundo. Explora ríos y continentes, ciudades y civilizaciones perdidas, unas veces solo, otras acompañado por Negro Smith. Atraviesa estepas, desiertos, países y ciudades. Amanece en la Patagonia y, a la hora de comer, ha recorrido Pernambuco, el océano Pacífico, el casco polar ártico y el Indostán. Navega por ríos que albergaron las primeras civilizaciones, descubre lugares misteriosos, como la legendaria Ávalon o la escondida Shangri-La. También los continentes perdidos, Lemuria o la Atlántida. Cuando se cansa de viajar, repone fuerzas en la mítica Babilonia con sus jardines colgantes; al anochecer, emprende viaje a las ruinas del Machu Pichu, donde dormirá una noche en la Torre del Sol, otra en la piedra sagrada del dios Inti y otras en el Templo de las Tres Ventanas. Pero siempre con todo el cielo para él.

ASÍ PASA Hércules el primer otoño de lluvias en la ciudad: en el albergue y entre mapas. Aunque de propinas, nada. Después llega el invierno, que resultó extremadamente frío. Hércules necesitaba ropa de abrigo para salir a barrer, mientras no lo hiciera no tendría dinero. El frío parece calarle más el espíritu que el cuerpo y, aunque intenta vencer los pensamientos negativos, estos le asaltan por los pasillos, tras las literas del dormitorio, apostados en las mesas del comedor, en las esquinas del edificio. El albergue se le está cayendo encima, pese al trato ventajoso que tiene. Echa de menos el aire libre, los cerdos, las calles de su pueblo. ¡Le gustaría tanto ir! Pero no tiene dinero para el viaje y no quiere presentarse igual que se marchó, como si no hubiera prosperado. ¿Y si escribe una carta? La necesidad es la madre de muchas ideas.

¡Eso es! Su madre siempre había tejido de maravilla. Si se lo pide, seguro que volverá a hacerlo. Decide cambiar la visita al pueblo por una carta, a la espera de tener ahorrado lo suficiente. Se sienta en el despacho del director, coge papel oficial y empieza a escribir:

Queridos padres:

Espero que, a la presente, estén ustedes bien. Yo también, a Dios gracias. Les echo de menos, ahora tengo un buen trabajo, y me sigo esforzando para prosperar y comprarles algún día una casita en la playa, donde puedan pasar las vacaciones. Mientras tanto, me vendría bien un jersey gordo, de esos que usted sabe hacer, madre, y si me pueden enviar algunos chorizos de la matanza, les estaré muy agradecido. No es que pase hambre, pero aquí la comida sabe distinta, más bien a nada. Si supieran lo que echo de menos sus guisos o los paseos que hacía con padre y los cerdos. Manden también un fuerte abrazo a los hermanos de mi parte y si quieren venir a la ciudad, yo les garantizo alojamiento y comida. Pueden enviarme lo que les he pedido a mi centro de trabajo, cuya dirección encontrarán ustedes en este papel oficial.

Se despide su hijo amantísimo, que Dios les guarde y proteja,

Hércules León

Solo queda esperar. En cuanto llegue el pedido del pueblo y esté bien abrigado, se pondrá manos a la obra. Al final de la primavera habrá ahorrado lo suficiente para ir de vacaciones a la aldea. El paquete no tarda en llegar: una ristra de chorizos, dos salchichones y un queso de cabra. Negro Smith se puso como loco. Empezó a dar brincos y zapateados y salió corriendo a por vino y una hogaza de pan. Dentro del paquete, una nota escrita por el padre, con la alegría que sintieron al ver que todo iba bien. Me imagino lo que pensarían al ver el papel con el membrete del albergue municipal que Hércules tomó prestado para su carta. Si los padres tenían el nivel de ingenuidad de su hijo, se encontrarían satisfechos del centro de trabajo que había conseguido. Los chorizos eran de los mejores, mientras que el jersey, según la explicación, fue hecho por madre con premura. Por eso usó todos los retales de lana que tenía, más unos cuantos ovillos que estaban de oferta en la mercería del pueblo. Madre ya no veía muy bien, por lo que el jersey podía tener defectos.

Hércules lo coge con ambas manos para observarlo a la distancia que dan los brazos. La hechura no era muy buena: el elástico delantero más gordo que el trasero y una manga más larga que otra. Pese a ello, está bien tupido, le abrigará lo suficiente como para reanudar su trabajo si se lo pone debajo del mono. Y, la verdad, tiene tantos colores que, de hecho, podía contener todas las banderas del mundo. ¿Banderas? ¿Del mundo? ¿Y si barro cada día un país? ¡Lo haré en homenaje al jersey de mi madre! Dicho y hecho. Negro Smith fue testigo de su ocurrencia. A partir de entonces las calles serían distintos países del mundo por barrer. Al fin y al cabo, todos lo necesitaban. Unos más que otros, pero a todos les venía bien un lavado de fachada, todos necesitaban quitar su basura, la suciedad que dejan los hombres, el mal olor, las cosas que se pudren y que muchos no se dan ni cuenta.

Para ser justo y no dejarse llevar por favoritismos, decide elegir los lugares al azar: hará girar el globo terráqueo del despacho del director y, con los ojos cerrados, pondrá un dedo. Lo que este señale será la zona que le tocará barrer cada jornada.

El primer día barre Uzbekistán. Después le siguen Tailandia, Vietnam, Córcega y las islas Fuji. Viene el turno de Australia y con ella está semanas. Así van cayendo países y calles, zonas del globo y descampados, extensiones marinas y alcantarillas. Por las mañanas, después del desayuno, se despide de Negro Smith, quien le pregunta:

—¿Qué toca barrer hoy?

Y Hércules responde. Unas veces está en Alaska y la semana siguiente el mismo espacio, la misma calle o el mismo descampado se ha convertido en el Cañón del Colorado, la Patagonia o el Polo Sur. Ha descubierto que planeta significaba para los griegos «errante». Y eso es él, un ser errante por los países de los cinco continentes. Además, están los mares, los continentes perdidos y los lugares imaginarios. Tiene trabajo hasta la jubilación. Emprende así una gesta, tiene un objetivo claro y una empresa que cumplir.

Pero ¿qué pasa cuando el dedo cae en un océano? ¡La de veces que le ocurre! A él, que no sabe nadar, que todo lo más ha chapoteado en una pequeña poza de un río cercano y con el agua por la rodilla. ¡Qué mal lo pasa entonces! Siempre pendiente de no ahogarse mientras barre, o de no marearse, que hasta eso le pasa, y solo mejora cuando acude a una farmacia para que le vendan biodramina. Le da sueño, pero puede viajar en barco y limpiar transatlánticos, portaaviones, corbetas, pagodas y veleros. En ellos navega por los mares y puede recoger la basura de plásticos acumulada por la mano del hombre, preservar los atolones de corales e incluso los hielos de los casquetes polares para que pingüinos, focas, ballenas, osos y demás habitantes de esas zonas puedan tener su hábitat limpio. Hay que preservar el permafrost. Poco a poco, también, se va acostumbrando al mar y sus mareos, no sin haber vomitado unas cuantas veces.

El invierno es especialmente fructífero, no solo por todo lo que Hércules barre en el planeta, sino porque, al ser tan frío, muchos de los pernoctadores del albergue se hacen asiduos, y él puede ampliar su círculo de amistades. Negro Smith se convierte en su amigo del alma, pero también hay otros.

ENTRETANTO SUEÑA. Con el sur, un sur más allá del sur que él conoce, el Distrito Sur. Una estepa blanca que muere en acantilados añorantes de otro mundo más cálido; bloques de hielo que se desprenden para que las corrientes los lleven hacia lugares amables. Focas y leones marinos cubren con sus manchas la claridad, el ruido que emiten llega a ser insoportable. Hay tormenta. Un polvo blanco, arrastrado por el viento, impide ver el horizonte. ¿Cómo ha llegado hasta allí? El sur es una mujer soñada, la que no ha tenido aún, brazos de palmeras, sabor a mar cálido. ¿Se ha pasado de sur hasta un sur que parece norte? Está cansado, le cuesta caminar, a cada paso se hunde hasta la rodilla, tiene calambres en las piernas y en las manos pinchazos. Empieza a golpearse, a saltar para que vuelva el calor. No lo consigue. La sangre no circula bien, sus movimientos son torpes. Empieza a gritar con tal fuerza que las focas callan, y solo el ruido del viento se hace eco de su desolación. El polvo blanco cincela su rostro, se introduce por las orejas y nariz, se deposita encima del labio, sobre el bigote duro de escarcha. Un viaje equivocado. El sueño de una mujer que solo podía habitar en un paisaje que ahora no encuentra. Sueña con cuerpos abrazados. No siente las manos, no tiene ya fuerzas para caminar. Se tumba en la nieve, cierra los ojos y decide soñar con ella dentro del sueño, su sombra sin matices, su idioma sin palabras y el acierto de sus caricias. Siente el ruido del viento, sin pensar, una línea recta, ningún recuerdo. Ya no oye nada. Solo paz... De repente, un grito, no humano, bestia que sufre, movimiento cercano; lo cambian de posición, no quiere, solo que lo dejen, intenso dolor en las manos y en los pies, se revuelve, abre los ojos, quién altera su paz. Vislumbra sombras, dispuesto a dar manotazos, a quitarse de encima lo que tiene, algo pesado, viscoso, una foca abierta en canal sobre su cuerpo, vísceras calientes cayendo sobre él, manchas rojas sobre la nieve, sacrificio que le retorna a la vida. La cabeza de la foca inerme sobre su pecho, ojos acristalados y el último grito pendiendo de su boca. Ahora no hay viento, ni polvo blanco, no se ve el cielo ni manto de nieve, ni el horizonte ni focas. Tirita, los ojos bien abiertos para orientarse, reconocer a alguien, esa sombra que se acerca, ese cuerpo que se desnuda y se tumba a su lado para darle calor, el mismo calor del sueño.

Negro Smith lo está zarandeando. Una pesadilla, el frío del dormitorio del albergue. El sur del distrito. Distrito Sur. Pese a los mapas y sueños, ahí sigue anclado.

HACIENDO UN repaso de sus compañeros, de sus amigos y de su amor, que de todo hubo, recuerdo a Juana, Pepe el Tuercas o Flametti, el actor desahuciado. A algunos de ellos los conocí después de que Hércules hubiera muerto, en una comida que hicimos en su honor, todo un banquete preparado para veinte personas. Va siendo hora de que os hable de ellos, en especial de Juana, por la importancia que tiene en esta historia. Y en la vuestra. También me toca contaros cómo empezó todo entre Hércules y Juana:

Norias, tiovivo, algodón de azúcar, cucaña, rifas. Habían llegado los feriantes a Distrito Sur. Eran las fiestas del barrio. El baile, la verbena, los farolillos de colores y las cadenetas surcando el aire, atadas en flor o cruzando la calle de balcón a balcón. Todas las noches durante una semana. Una semana para olvidar, una semana en que la pena parecía menos pena, los rencores se disipaban, la evasión adornaba las esquinas y se agazapaban los demonios. Los vecinos sacaban las sillas a la calle, preparaban sangría y limonada para invitar, asaban pinchos de chorizo. Se rifaban jamones o lomos en el descanso de la orquesta, un duro por una tira de papel con tres números. Muy caro para ellos, pero ¿y si tocaba?

Hércules se acicala para la verbena. Negro Smith también. Y allí van, a reunirse con los conocidos del barrio. Y ahí está la Juana, a quien Hércules lleva tentando sin quitarle el iris desde que fue a dormir al albergue, a raíz de las inundaciones. Le pide un baile y ella dice que sí. Pide una sonrisa y ella se la da. Le pide arrimarse y ella le deja. Le pide un beso y ella se lo devuelve. Se miran y la música suena, un cantante de bigote fino y voz de tenor, un bolero lento, pausado: *bésame, bésame muuuuucho...* Hércules lanza sus labios contra los de ella, lengua con lengua, dientes contra encías. Hércules se siente transportado a otro mundo, a una sensación que no había tenido antes. Es la segunda vez que se desdobla, ahora de placer; siente desde dentro, y su otro yo, desde fuera, disfruta con lo que siente desde dentro, él arrimado a aquella mujer, besándola, *como si fuera esta noche la última veeez...* Por si acaso no había más, Hércules se aprieta fuerte contra ella y ella se deja. Nota sus pechos, ella debe de sentir abajo cómo se le va poniendo, y la música los anima más, hasta fundirse y no distinguir dónde acaba uno y empieza la otra. Ah, los ojos de la Juana, la boca de la Juana, las caderas de la Juana, siempre.

La conquista fue fácil, lo difícil sería no cagarla después. Las circunstancias no favorecían. Pero el brillo en sus ojos, tanto en los de Juana como en los de él, auguraba que aquello podía durar. Sus amigos observaban sonrientes y dándose codazos: «Mirad esos dos tórtolos, anda que quién lo iba a decir». Se fueron del baile agarrados de la mano. Montaron en la noria y volvieron a besarse cuando su cabina quedó parada en lo alto, cerca de las estrellas, los humanos como puntos pequeños en el suelo y la ciudad a sus pies.

Pasan su primera noche juntos, corren al albergue, casi vacío, y en el despacho del director, en el torreón, sobre la alfombra, retozan hasta el amanecer. Después vendrán más noches, la búsqueda de lugares, la azotea con buen tiempo, los rincones del albergue en invierno, a escondidas, porque en los dormitorios comunes no hay intimidad y no estaba permitido. Hércules se había enamorado. Juana también.

LAS FIESTAS, las verbenas, la música. La de amores que surgieron en las fiestas de Distrito Sur. Y peleas, encuentros y desencuentros. En la dictadura había kermeses cerradas, con bailes en los que había que pagar para entrar sin que el pueblo pudiera acceder; también se elegían *misses*. Incluso hacían campeonatos de pesca en Distrito Sur, aunque nadie sabía dónde se realizaban ni lo que pescaban, solo había un arroyo que estaba seco desde hacía años y que inundó las chabolas con su cauce una vez, una sola vez. Como no se pescase el polvo de las calles o la alergia del polen, no se me ocurre nada que mereciera un campeonato y unos premios, salvo una forma de desviar dinero a bolsillos de doble fondo. Ahora ya nadie se acuerda, pero hubo que pelear hasta para conseguir que las fiestas fueran para todo tipo de público. Los munícipes de la democracia fueron comprobando que las verbenas y los conciertos daban votos y lo que empezó siendo un intento de acercar a los ciudadanos con actividades gratuitas, que no digo yo que no, que había que crear hábito, con el tiempo trajo una deformación: el espectáculo, el entretenimiento como única forma de cultura y el público queriéndolo todo gratis. Y se creó la industria cultural en nuestro país. ¿No es acaso una contradicción?

Luego surgió internet y vinieron las redes a nuestras vidas. Mis nietos, cuando querían ver fotos de cómo era yo de niña, cogían el móvil e intentaban pasar con el dedo para que aparecieran; no conciben, como vosotros tampoco ya, un mundo anterior en el que todo esto no existía. Parece mentira, pero hubo épocas en que leíamos, íbamos al cine, no usábamos ordenadores, escribíamos a pluma o bolígrafo y utilizábamos máquinas de escribir. Y nuestros padres apenas nos controlaban.

Entre las redes y los conciertos gratuitos surgió el *free culture:* la cultura libre se convertía, por arte de birlibirloque, más bien por traducción interesada del inglés, en cultura gratuita. A ningún creador le dieron a cambio el pan, la leche o la vivienda gratis. Somos así de especiales. Ya Cervantes reivindicaba, a su modo, los derechos de autor en *El Quijote* —prólogo a la segunda parte—, y ya entonces plasmaba en ese libro esa visión tan ibérica y carpetovetónica de los cómicos de la legua, por el que actores, comediantes, bululúes o ñaques que iban por asendereados caminos, tenían que dormir, por ley, a una legua de donde actuaban para no contaminar con sus usos y costumbres, se supone que disolutas, a la población que divertían. Hasta los nombres con los que se les designaban servían para la burla o escarnio, mientras recorrían los pueblos a pie o en carros. Aparecen también en *El Quijote*, inmortalizados, más de una vez. De ahí venimos. ¡Vaya rollo que os he soltado!

Pero a lo que íbamos: Hércules y Juana se enamoraron en las fiestas de Distrito Sur.

MONTSE, PARA entonces, estaba tan cansada con el trabajo que era toda ojeras y cuando se miraba en el espejo no se reconocía. Le pasaba a menudo. A medida que cumplía años, su propia imagen, la que había dominado en su vida y que solo se encontraba en las fotos y en su memoria, se iba difuminando tanto, que a veces, al mirarse de refilón, en la calle, en algún escaparate, en el espejo del pasillo, se sobresaltaba: «¡Soy mi madre!», decía. Cada vez se parecía más, y eso que creció con una cantinela materna constante: «Tú a mí no te pareces, este rasgo es de tu abuela paterna, este otro de tu tío, pero de mí no tienes nada, si acaso tienes gestos de mi hermana, que para eso te ha criado». Y Montse se lo creyó. Una de sus fantasías era imaginarse cómo envejecería, siempre delgada, con la cara redonda, sin apenas canas hasta ser muy mayor, derecha, sin la lordosis, sin esa pequeña chepa marca de la familia. Y resulta que no, estaba cerca de los cincuenta, se le había alargado la cara, el pelo encanecido como su madre, la espalda empezaba a curvarse por más que se colgara de las puertas, por más que intentara caminar recta: «Mi madre, me asalta mi madre en el espejo, soy ahora más mi madre que yo misma. Mi imagen se desvanece y solo en las fotos de antes me encuentro».

Había odiado de su madre el afán por maquillarse, cremas, ojos pintados, cejas marcadas y que le reprochara a ella, su hija, ir por la vida con la cara lavada. Lo único que le hubiera gustado tener de ella, un cutis sin arrugas resultó que no, tenía el rostro marcado de surcos. Yo le decía que más le valía reconciliarse con esa imagen, pues le iba a acompañar hasta el final. «¿Cómo hacer para no ser una vieja como ella?», me decía. Eso es lo que más le inquietaba. ¿Tendría también alzhéimer, su identidad perdida, sin reconocer a amigos y seres queridos? Vosotros ya lo sabéis, habéis sido testigos de su proceso.

A lo largo de mi vida, siempre he tenido una amiga íntima, cercana, confidente, aunque luego la perdiera por los años, por enfrentamientos o malentendidos. También porque algunas se casaban, fundaban una familia y se olvidaban de la amistad, o no tenían tiempo para ello. En la residencia echo en falta a una amiga de esas características, todas son unas beatas de misa y ñoñería, qué mala es la vejez. Algunas amigas han muerto, con otras terminé enfadada y dejamos de vernos, a veces fue al revés, ellas se enfadaron conmigo por mi carácter que ha sido bastante insoportable, pero las recuerdo con gratitud. He pasado con ellas muchos de los mejores momentos de mi vida, viajes, excursiones, risas, confidencias y hombros para llorar. Al margen de las parejas o novios. Ese nivel de complicidad no lo he tenido con hombres. Nunca. Y ninguna como Montse. Ninguna.

Qué daño nos ha hecho el amor romántico. Ahí está, todas educadas en él, sin otro modelo alternativo, en la época del ciberespacio y de los avances tecnológicos. Para mí el enamoramiento es estar embobada, decir que sí a todo con tal de no discutir, parecerte bien si llueve, nieva, hace calor o frío. Enamoramiento era también mi estado cuando venían los nietos a verme siendo pequeños, lo que ellos quisieran, hacer de caballito, jugar al escondite, o cuando preparábamos un bizcocho o ensayábamos canciones para el día en que pudiéramos salir a cantar al parque y pasar luego la gorra, fantasías con las que alimentaba su pasión musical. O cuando les leía cuentos, como hice con mi hija. O que se metieran en mi cama por la noche, me la mearan, me dieran patadas, con su cabeza en mi barriga, espatarrándose, arrinconando mi gran cuerpo con su espíritu, sin pegar ojo por la noche, babeando cuando los miraba.

Montse fue mi mejor amiga. Recorrió gran parte de mi vida, estando ahí, siempre presente, desarrollando complicidades. La conozco todo lo bien que se puede conocer a una persona, aunque los demás tengan una visión distinta a la mía y a la que Juana o Hércules pudieran tener de ella. Dios, cómo la echo de menos. Me gustan los idiomas que solo tienen una palabra para definir ese sentimiento, los ingleses dicen *love* para todo y ahí cabe el universo entero de sentimientos positivos. Nosotros llenamos de matices, acaso porque es imposible definir una sensación tan compleja y vamos desde estimar, querer, a amar como si se trataran de distintas gradaciones de un solo sentimiento.

Yo amo la naturaleza, amo a mis nietos y a mi hija, amé a Montse. Pensé que no me atrevería a confesarlo, pero ya está dicho.

JUANA FUE el único amor del barrendero. Ella, en cambio, había estado casada con anterioridad. Nació en Argentina y decidió viajar a España e iniciar una nueva vida por algo de un corralito, una estafa, un desfalco generalizado en el que el dinero del país voló al extranjero, con la consiguiente ruina de la ciudadanía. Sí, mucho más que aquí, porque en ese país todo es a lo grande. Hasta la ruina. Juana añadió a eso la separación del que fue su marido. Debió de nacer en 1976. Se había casado muy joven, casi adolescente, como suelen hacer por aquellos lugares. Vino con algo de dinero, plata, decía ella, vivió en una pensión y esperó a que le saliera algún trabajo. Tuvo mala suerte y, cuando el dinero se acabó e intentó que su exmarido le enviara algo más, este se dio por desaparecido y no pudo comprobar si era de verdad o por no querer nada con ella. Se acabó la plata. La echaron de la pensión y esa noche, con sus pertenencias, se vio en el banco de un parque, primero sentada, pensando qué iba a hacer, a dónde podía ir. Pensó y pensó, fue arrellanándose, viendo cómo pasaban las horas, cómo los niños dejaban los toboganes y columpios, cómo atardecía, cómo los enamorados buscaban rincones oscuros para besarse, cómo la noche caía, el parque se vaciaba y ella allí. Al final, con la maleta por almohada, con toda la ropa de abrigo que pudo ponerse por encima, capa sobre capa, se tumbó pensando que al día siguiente su suerte cambiaría. Pero no. Un día sucedió a otro. Duermes un tiempo en la calle y es difícil salir luego de ella.

Juana encontró en Hércules su ingenuidad, la mirada que ponía cuando estaban juntos, el calor y la comprensión, el dejarla llorar sin preguntar por qué, solo abrazados; el no decir nada, el rubor al quedarse desnudo frente a ella, la torpeza en las caricias, tan falto de experiencia, el guiar ella su mano y él dejarse hacer, aceptar su falta de tacto inicial, la necesidad de aprender. ¿Y esto cómo? ¿Te gusta más así? ¿Esto no? Y, sobre todo, esa forma que tenía de pasar de puntillas por su lado cuando la veía enfadada, esperando que la tormenta amainase, sin intervenir, ni reproches ni gritos. ¿Quién no querría estar al lado de alguien así?

Ella soñaba a veces con su vida de antes, como todos los venidos a menos. Que su exmarido la reclamaba, le pedía perdón, que volviera, y ella quería, en sueños, por nada del mundo en la realidad, y se debatía al despertarse: ¿cómo es posible que siguiera soñando con él? ¿Es que el amor de juventud marca tanto? Cuando al despertarse entraba en ese bucle, Hércules la observaba desde lejos, empequeñecido, ella le miraba y, aunque el barrendero no tenía certezas, veía que ella empezaba el día con la mirada perdida, los hombros abatidos. Hércules pensaría que era por él. Y Juana pensaba que entre los dos se podría haber creado el hombre completo que ella añoraba: el empuje, energía y absorción de su primer marido, el amor de su juventud, que solo con tocarla le hacía entrar en otra dimensión, y la comprensión, dulzura y torpeza de Hércules. Juana le contaba cosas que él no conocía, le acercaba a otro continente, le hablaba de mundos y cosas que él solo llegó a ver en el mapa.

—¿De qué color es el mar? —le pregunta Hércules.

—¿No lo has visto nunca?

—No.

Y Juana le hablaba entonces de la sensación al verlo, de mirar al horizonte, de contrastar sus cambios a lo largo del día, en función de cómo estuviera el cielo, gris, azul claro, oscuro, con tonos verdosos, distinto cuando brillaba el sol sobre él o plateado cuando aparecía la luna.

—¿Sabes? Los hombres tardaron mucho en darle nombre al color del mar y cuando lo hicieron, le dieron el negro.

—¿Por qué?

—No sé. Quizás por el color que parece tener de noche.

Le contaba también los días en que el mar hablaba con calma, con susurros y pequeñas ondas que levantaba el viento, cómo bailaban entre sí, cómo se movían, pero cuando se enfadaba, el oleaje era como una caracola gigante que bramaba y soltaba espuma. Ah, el mar, la mar, los barcos y faros, sentirse como pez en el agua, dejarse llevar por las corrientes, amarle y tenerle miedo, sentir atracción y rechazo.

—Algún día te llevaré a que conozcas el mar —decía ella.

—¿Me lo prometes?

—Te lo prometo, yo también lo echo de menos. Nadie debería morirse sin haberlo visto.

PEPE EL Tuercas fue otro de sus amigos. Se presentaba así, haciendo gala de su oficio de fontanero. No vivía en el albergue, pero andaba todo el día en la calle, en los parques o descampados; estaba jubilado por aquel entonces, así que me imagino que habrá muerto ya. Le gustaba sentarse en un banco con un *truja*, como él decía, y el periódico de la transición, *El País*, el que leíamos entonces. Ahora ya no es lo mismo, pero en aquel momento fue la tabla de salvación para muchos de nosotros. Pepe el Tuercas tenía cara de hogaza y el mentón inferior prominente. Era un castizo del foro y muy parlanchín. Hablaba separando las sílabas, como para ser enfático, que en realidad era la forma más cheli: «Ho-la, Pe-pe el Tuer-cas se pre-sen-ta...». Cada vez que se atascaba una tubería en el albergue o en las casas de los amigos, solo había que llamarle, cobraba poco.

A Flametti no lo conocí mucho. Hércules se lo encontró cuando estaba barriendo los Alpes italianos, muerto de hambre y sin saber dónde apoyar su dignidad, que se manifestaba en una vestimenta que había tenido tiempos mejores, sobre todo el bombín que ejercía de paraguas y que producía una cascada de agua cuando llovía. El porte era el de un marqués, quién sabe si a lo mejor lo fue y quién sabe si en realidad nació en el norte de Italia, como decía, casi en la frontera suiza, por los Alpes italianos, o si todo era pura vida inventada. Da igual. El caso es que Hércules lo llevó al albergue y allí pudo tomar una sopa caliente.

—¿De dónde lo has sacado? —le pregunta Negro Smith.

—De los Alpes.

—¿Con esa pinta?

—Sí, dice que es un director dadaísta, aunque no sé lo que significa.

—¿Es tu amigo?

—No, es muy raro y tiene la manía de insultar con palabras que no conozco.

—¿Como cuáles?

—Verás, no recogí unos papeles que había bajo el banco donde estaba sentado.

—¿Y?

—No quise pedirle que levantara las piernas, y, cuando me iba, me miró y me dijo que si no sabía barrer, se puso en pie encima del banco y aleteando con los brazos empezó: «¡Trilobite! *¡Figlio* de la *puttana! ¡¡Dadá!!*». Lo decía cada vez más alto y con el ceño fruncido.

—¿Y lo has traído al albergue?

—Estaba durmiendo en el parque...

LA CONJUNCIÓN de todos ellos, astros atraídos por una fuerza centrífuga, trajo como consecuencia la edad de oro del albergue. Quién lo iba a suponer en un centro como aquel, no como se lo hubiera podido imaginar el director, por obra y gracia de su trabajo y el de las instituciones, sino por el vínculo entre sus moradores y el barrio. Aquel núcleo formado por Negro Smith, Hércules y Juana, con el añadido de Pepe el Tuercas, Flametti y, en menor medida Enrique, consiguieron una confluencia, llamémosla alternativa, que repercutió en Distrito Sur y consiguieron ser mejor aceptados. No hay que olvidar que Hércules se había encargado de barrer, de recoger la basura de los mayores, limpiar los descampados, de hacer favores en locales y garajes, de preparar algunas cenas o recoger de cuando en cuando a los niños a la salida del colegio. Nunca fue visto como un sintecho. Consiguió que lo vieran como un barrendero de oficio y voluntariado. Juana era una más del poblado de chabolas, conocida como la Cheviste: el mote se lo pusieron sus compañeros antes de la inundación. Pepe el Tuercas tenía amigos hasta en la comisaría de tanto desatascar retretes y Flametti era capaz de recitar poemas enteros, incluido Shakespeare, e iluminar el camino con su porte cuando paseaba por las callejuelas. La cohorte que solían llevar detrás de mendicantes, prostitutas, gente de calle, bolingas, parados y demás hacía suponer una compañía de cómicos ambulantes como los que tiempo atrás recorrían pueblos y ciudades.

Fueron años de explosión y de una mayor alegría social, parecía que las cosas iban a mejor, este país se fue modernizando y los jóvenes de Distrito Sur tenían ganas de comerse el mundo. Reunidos en una de las chabolas que habían quedado abandonadas, decidieron, aparte de constituirse en club juvenil, organizar un festival de rock, al que seguirían otros a lo largo de los años. Como barrio duro, el estilo tenía que ser el *heavy metal*, con la moda de chupas de falso cuero a la cintura y cremallera, pantalones pitillo o campana de macarra, pelo largo y flequillo corto y botas de *chúpame la punta*. Pidieron permiso y el gobernador civil lo dio, entre otras cosas porque el festival se celebraría en el patio de un colegio de curas que dieron su apoyo.

La noticia de aquel evento, el primero de aquella índole que se celebraba en Distrito Sur, se extendió de casa en casa, en los mercados, parques y bancos hasta llegar a los alberguistas municipales que inmediatamente ofrecieron su ayuda, todo con tal de poder entrar gratis. Hércules se encargó de la limpieza y adecentamiento, de antes y después, organizando una brigada de mendicantes para tal fin. Juana echó una mano en la barra y con los bocatas, Flametti hizo de presentador de los grupos, con su raído bombín y su pajarita, lo que realzó la dignidad del concierto; Pepe el Tuercas y Negro Smith se integraron en el servicio de orden y Enrique, el más bolinga del barrio, recogía los botellines de cerveza para terminar de bebérselos. Nunca el cubo de Hércules tuvo tanto uso ni llevó tanto peso.

El festival fue un éxito: cuatro grupos de rock duro al compás del dos por cuatro con los decibelios al máximo, que en aquella época eran aún escasos. No había llegado todavía la renovación de equipos de sonido, la perfección de los *varilights* o las luces láser, mesas sofisticadas de sonido y demás parafernalias, incluidos los micros inalámbricos y monitores en la oreja que cubrieron después, con proyecciones sobre pantalla tras el escenario, los mejores conciertos de música popular. El mayor efecto visual de aquel primer festival *heavy* fueron kilos y kilos de polvos de talco, o de harina, no recuerdo bien, dispersados con un fumigador manual para dar el efecto del humo que, por aquel entonces, se podía ver en televisión cuando retransmitían conciertos desde el extranjero. No se sabe cómo, pero aquellos pelagatos que apenas sobrepasaban los veinte años consiguieron contratar a lo más granado del rock duro nacional y fue tanta la expectación que bastantes periodistas fueron a cubrir el evento. De antemano, los titulares remarcaban el acontecimiento: «Distrito Sur se viste de música»... «Los jóvenes de Distrito Sur dan la nota con un festival»... «La música inunda los barrios periféricos»... Después de aquella publicidad, por si acaso se desmadraba la audiencia, decidieron reforzar el servicio de orden. A Pepe el Tuercas lo mandaron a la puerta por donde se accedía a las aulas del colegio que se habilitaron como camerinos musicales con una orden: por aquí no pasa ni Dios, le indicó el líder de aquel movimiento, un joven menudo llamado Juanjo, de larga melena rizada a lo Bob Marley, con un empuje y seguridad como pocas veces he visto. Era hijo de chabolistas, vivía por aquel entonces con su madre y sus numerosos hermanos, el padre había muerto años atrás y debió de ser un buen pinta, pues los hijos usaban sobre todo el apellido de la madre, y él se había erigido en cabeza de familia pese a no ser el primogénito. Pero velaba por toda la manada que se le fue agregando, era un dirigente nato que por aquel entonces militaba en las juventudes de una organización maoísta. A veces actuaba como *padre padrone*, otras como militante, otras como dirigente o macarra y a menudo como amigo y promotor de iniciativas juveniles. Vaya también mi homenaje desde aquí, por todo lo que hizo por Distrito Sur. Porque consiguió soñar, elevarse por encima del resto y ensamblar la utopía con la supervivencia. El Tuercas sabía que un mandato suyo iba no solo a misa, también al universo, así que le comentó: «Tran-qui-lo, Juan-jo, por a-quí no pa-sa na-die ni por en-ci-ma de mi ca-dá-ver». Se lio un *truja* y se apoltronó con su robustez ante la puerta como fiel cancerbero. Cuando llegaron los periodistas e intentaron acceder a los camerinos, yo entre ellos, os podéis imaginar cuál fue su respuesta:

—Por a-quí no se pa-sa.

—Somos periodistas.

—Y yo fon-ta-ne-ro. He di-cho que por a-quí no se pa-sa.

—Pero, hombre —comentó una mujer que los acompañaba—, que este no es cualquier periodista, es el corresponsal de música del mayor periódico del país.

—Pues yo soy Pe-pe el Tuer-cas y he di-cho que por a-quí no se pa-sa.

Así se frustró cualquier intento de sacar más información de aquel concierto. Nunca se supo cómo contactaron con ellos, qué caché cobraron, si fue verdad que repartieron taquilla o esta desapareció. Todo aquello quedó en el imaginario del barrio para los restos y para los años siguientes en los que se siguió realizando, hasta culminar en el año que llenaron el campo de fútbol de Distrito Sur. Siempre con los mejores grupos de rock nacional.

ESTOY CONTEMPLANDO la erupción de un magnetar y su magnetosfera, que lo rodea como a la Tierra la rodea su atmósfera. Me encuentro ante este grupo de estrellas de neutrones con el campo magnético más intenso que los humanos han podido conocer hasta ahora. Pero una cosa es observarlo con un telescopio gigante, como hacen desde la Tierra, y otra cosa es cómo lo percibo yo, ese campo magnético que hace vibrar toda mi energía, con esa luz tan intensa que desprende. Cien mil veces más luminoso que el Sol, nuestro sol, porque aquí, como ese astro, hay muchos. Y todo ello puedo sentirlo con inmensidad, esta inmensidad tranquila del espacio, que me llega y me hace acumular energía, poco a poco, esperando el momento de otra energía que se fusione, o de muchas otras. Mientras, me dejo llevar, me transporto, me agito, me embeleso, al no tener ojos no me quedo ciego, mi contemplación es energética, siento que me invaden esas descargas magnéticas, me arrastran hacia ellas y me dejo llevar por si eso me carga de más energía y puedo traspasar esta frontera. Lo he hecho varias veces, pero no debe de funcionar así, porque aún no lo consigo. El otro día tuve unas percepciones diferentes a las de ahora, al encontrarme con un tipo de galaxia que tiene

un núcleo con cantidades excesivas de emisiones ultravioletas.
Fue una experiencia extrasensorial la mar de placentera, sentí
que traspasaban mi núcleo de energía y fue un orgasmo cósmi-
co, nada comparable con los humanos, a lo bestia. Ni por toda
la basura del mundo volvería a estar entre los vivos. Aquí no
padezco hambre o sueño, no tengo ansiedad ni frustración y me
siento formando parte de galaxias nebulosas, elípticas o espirales,
galaxias gigantes o enanas, misteriosas, galaxias que chocan y se
encuentran y forman una galaxia mayor, y a veces estallan so-
las, entre estrellas, veredas de gas o polvo galáctico. Cuanto más
lejos está una galaxia más rojiza aparece, con más intensidad:
es el universo que se expande. Ah, el efecto Doppler en las ondas
de luz, en el espacio, la insignificancia de nuestros planos huma-
nos y el pequeño espacio que ocupamos en comparación con todo
esto, la ruta del universo infinito, la atmósfera que lo rodea, la
nada y el todo, lo oscuro y lo que brilla, los objetos que al alejarse
se tornan rojos y al acercarse se vuelven azules. Qué maravilla.

LLEGÓ EL momento en que los alberguistas también decidieron rebelarse. Era lo que tocaba. El país reivindicaba, los barrios pedían, las fábricas protestaban, la democracia se recuperaba. Ellos querían tener más comodidades en el albergue, que les dieran comida al mediodía, que el menú se pudiera negociar por convenio, introduciendo el bacalao al pil-pil una vez al mes, petición de Negro Smith, que se acordaba de cuando su madre lo cocinaba en el albergue y que, desde que murió, nadie más había repetido. Hubo una asamblea y se recogieron las propuestas:

—Que nos dejen poner fotos de tías buenas en las paredes —pedían los hombres.

—Que podamos adornar el dormitorio femenino —pidieron ellas—. Y que en las duchas nos pongan crema para el cuerpo.

—Y que nos sirvan gambas los domingos de aperitivo.

—Que no cierren el albergue hasta las 12 de la noche. ¿Os parece?

—Apunta, Negro Smith, o tú Hércules. Os elegimos comisión negociadora.

—La comisión tiene que ser mixta —conminó una voz femenina—, que vaya también la Juana.

—Pues entonces que los dormitorios también sean mixtos, un poco de juerga nos vendrá bien.

—¡Eso lo apoyo! ¡Vamos a escribirlo! ¡Nos tratan como niños pequeños y somos mayorcitos!

—¡Venga, no os paséis, que somos lo que somos!

Y así, entre todos, hicieron una larga lista de peticiones que Negro Smith, Hércules y Juana se encargaron de llevar al director.

Al llegar a la puerta del despacho no se atrevieron a entrar: tú primero, no, tú, no, las mujeres primero... «Cobardes», dijo ella: «Que lo entregue Negro Smith, es con quien tiene más confianza».

Finalmente entran. El director está mirando por un ventanal. Al darse la vuelta les dice:

—¡A quién tenemos aquí! Bienvenidos y gracias, Hércules, por tener tan limpio mi despacho. ¿Habéis cenado ya? Ah, no, no es la hora. ¿Y esta quién es?

De nuevo se encuentran los tres intentando meter baza y como es imposible dar solemnidad al acto y hablar como delegación del resto, Negro Smith le alarga el papel con las peticiones. El rostro del director se va contrayendo según lee, cambiando del blanco al rojo, luego al violáceo y de nuevo al blanco. Tira el papel sobre su mesa mientras grita:

—¡Insubordinación! ¡Esto es un motín, llamaré a la fuerza pública!

Salen espantados, pero, justo antes de cerrar la puerta, Hércules se vuelve y dice:

—Por la amistad que le ha unido a mi padre, le pido que lo considere y nos diga qué puntos puede aceptar.

A lo que Negro Smith, reaccionando con prontitud, continúa:

—Por la amistad que le unió a mi madre, le pido lo mismo. Solo queremos estar más a gusto en este barco que usted pilota.

—¡Ya les comunicaré mi decisión! —gritó el director.

Se van del despacho con el pensamiento negro y la sensación de no haber conseguido nada, dispuestos a informar a la asamblea del curso de la negociación: había sido negativa, aunque dijo que se lo pensaría. Si se cierra en banda, volverían a reunirse para ver qué medidas tomar.

Era un momento en que los puestos directivos temían las sublevaciones y aquel director, que estaba como un cencerro pero no era mala persona, todo lo más aislado de la realidad y de los cambios que se estaban produciendo en el país, decidió pensárselo. Consultó con Montse. Esta le hizo leer por teléfono la lista de peticiones y le contestó que, salvo lo de las gambas, los dormitorios mixtos y las fotos de tías buenas, lo demás era razonable. Al final, se entró a negociar y la vida en el albergue cambió.

Se firmó un convenio que se renegociaba cada año, en función del personal que hubiera en cada momento. Se estableció turno de comida, antes inexistente, y el bacalao al pil-pil una vez al mes. Las mujeres pusieron macetas en el dormitorio y fotos de sus seres queridos. Ellos pusieron fotos de calendario, inspeccionadas y previa autorización de la censura directiva. Consiguieron que una dependencia, que estaba en desuso y con muebles viejos, se adecentara y se estableciera como habitación de vis a vis. Había que pedirla con antelación y se usaba por riguroso turno. Los sábados por la noche había guateque y cada mendigo tenía opción de llevar un invitado al baile, que se realizaba con música enlatada. La gente del barrio acudía, sobre todo los jóvenes de la asociación organizadora de los festivales rock, porque pinchaban muy buena música, amén de otras cuestiones que no voy a contar ahora. Incluso una vez instalaron una minicarpa en los exteriores del albergue y jóvenes trapecistas de paso por Distrito Sur hicieron sus números acrobáticos. A cambio, se les sirvió una limonada y pinchos de chorizo preparados en la cocina del albergue.

Parecía que todo iba a ir a mejor, o al menos que el mundo se mantendría igual.

BARRIDOS CIENTO cuarenta y siete países, a punto de culminar la limpieza del planeta, Hércules tiene menos pelo y el que le queda ha encanecido: los países han dejado cicatrices en su cara, de este a oeste oteando el horizonte. Las que iban de norte a sur le gustaban menos, habían surgido de fruncir el ceño del planeta, mientras que las horizontales, esa orografía específica, se debían a la risa, sobre todo los valles que se profundizaron en la parte externa de los ojos. La nariz ha ido creciendo, mientras que la boca se ha convertido en una falla tectónica y el terremoto subsecuente ha tenido como consecuencia el desprendimiento de algunas de sus muelas.

No ha tenido tiempo de ir al pueblo y ya no lo va a hacer. En una carta le anunciaron la muerte del padre y, a los pocos meses, sin sobreponerse, la de la madre. ¿Tanto se querían? Eso ha sido una gran sorpresa para Hércules. Siempre pensó que su madre se sentiría liberada si el padre moría antes, y tendría unos años de paz y sosiego, sin obligaciones maritales, como había visto a otras viudas en el pueblo. Los hermanos vendieron la casa y la piara; después emigraron a otras ciudades. El nudo familiar se rompió y salieron disparados en otras direcciones. Al fin y al cabo, eran más pequeños que él y nunca tuvo mucho trato con ellos. Cada uno buscó su nido. El de Hércules está ya en Distrito Sur, en el albergue y en el despacho del director, con los suyos, con su nueva familia.

Sus vivencias en la ciudad han ido al revés que en su aldea, donde el día marcaba la belleza del paisaje, resaltaba los valles, los árboles, la chopera a la orilla del río y las casas de labranza diseminadas. Entre el asfalto, la noche oculta los defectos, la suciedad, los descampados, las casas desconchadas y sin arreglar, la pobreza. Cuando la ciudad duerme se vuelve amable, la oscuridad es un manto que la cubre, mientras que en el campo habitaban los aullidos, las historias de terror al fuego de la cocina, los fantasmas visitando cementerios.

También la ciudad ha ido cambiando: ha crecido y se ha acercado a Distrito Sur. Entraron excavadoras y grúas. El paisaje urbano empezó a ser otro. Desaparecieron sus descampados, asfaltaron los parques, los niños ya no jugaban con tierra. Las tiendas de toda la vida cambiaron la fachada, los letreros, el contenido de lo que vendían. Se abrieron otras nuevas. Modernizaron escaparates y mostradores, desapareció el papel de estraza para envolver. Los edictos municipales habían obligado al uso de bolsas de basura de plástico con cierre hermético, por cuestiones de higiene. Quién iba a decir entonces que pasados los años la sobreabundancia de este producto fuera un gran problema para el planeta. Las casas bajas fueron sustituidas por edificios. Resultaba más fácil demoler y levantar en su lugar una torre: donde antes cabía una familia ahora metían a cincuenta.

Pero él sigue en el albergue y ha mudado de piel. Lo único que añora del campo es la nitidez del aire y el cielo estrellado de las noches. Lo demás está en su memoria, en un pasado imborrable que le acompañará siempre, el paraíso cerrado de su infancia.

Se ha convertido en un barrendero cosmopolita. No han sido las grandes ciudades admiradas por su belleza, como Florencia, Praga, Viena o Venecia las que le han dado más placer. Tampoco el barrio judío de Ámsterdam, ni París o Berlín. Su entusiasmo se ha centrado en lugares escondidos en el mapa, Dakar, Kenia o el Machu Pichu. De Vietnam le gusta su forma, dos cestas colgando de una vara. De la India, el sol saliendo por el Ganges. Australia le llama la atención al pensar que sus habitantes viven boca abajo. Se sorprende con Madagascar porque se la imagina luminosa, como su nombre, con una sola vocal. Más complicado resulta Mozambique, con las cinco vocales, pero también más ameno. Cuando le toca barrer Trinidad y Tobago, apenas tarda en hacerlo, un puntito en medio del océano para un nombre tan largo.

Al regresar suele contar a sus compañeros a quién ha conocido, ampliando, deformando o inventando sus historias sin que podamos corroborar su veracidad. Da igual. El caso es entretener. Como hago yo con vosotros. A veces, incluso, se presenta con algún inquilino nuevo que ha ido conociendo por el mundo y se queda a vivir una temporada o dos, como pasó con Flametti.

En los años siguientes, además, el albergue se fue llenando, no solo en invierno o en época de lluvias, sino todo el tiempo. Tenía una media de ocupación bastante más alta que cuando Hércules llegó a él. Al principio eran los de siempre, gente de la calle, pobres de pedir, borrachuzos. Después, aunque fuera solo unos días, una semana o unos meses, se llenaba con extranjeros que habían salido de su país de origen, algunos estaban en guerra, otros desesperados por sobrevivir, siempre de paso, como un éxodo permanente sin saber cuál era su final.

Hércules puede aprovechar para poner en práctica sus conocimientos de los atlas, distinguir un italiano, como Flametti, de un árabe o un asiático; aprende la diferencia entre los africanos del norte y los que hay mucho más allá, en la llamada África profunda, más parecidos a Negro Smith; distingue también un peruano, ecuatoriano o colombiano; y también los del país, extremeños, andaluces, gallegos, si acaso algún portugués.

Pero también, cosa curiosa, fueron apareciendo por el albergue personas afincadas en el país, que habían tenido trabajo y casa, que lo habían perdido todo y se veían ahora allí, formando parte del eslabón más débil de una rueda que subía y bajaba a su capricho con personas a las que el azar, la mala suerte o la mala cabeza terminó por jugarles la peor de las pasadas. Ese fenómeno era nuevo para Hércules. ¿Por qué ocurrió, así, como de improviso?

PORQUE UN humo grisáceo y maloliente empezó a recorrer Distrito Sur. También el resto de la ciudad. Se filtraba por las rendijas de las puertas y las alcantarillas, fue invadiendo la vida de los ciudadanos y afectó a los estados de ánimo. Al principio no se sabía por qué todo cambiaba de aire, por qué empezaba a fallar lo que hasta entonces había funcionado, por qué, al parecer, la gente común tenía la culpa de lo que estaba pasando, al vivir por encima de lo que tenían derecho, al menos eso les habían comunicado.

La alarma y la mala conciencia se fueron extendiendo, las precauciones no sirvieron, se acallaron los suicidios —se sigue haciendo—, cerraron tiendas y bares, se colgaron carteles en sus escaparates: todo se alquilaba, traspasaba o vendía; el andar se volvió cansino y se hablaba en voz baja por las calles mientras se gritaba en casa. Hasta los niños tenían una actitud distinta. Ya no se miraba de frente. Los habitantes del barrio lo hacían con recelo. La desconfianza se apropió de las calles. Ya no había propinas, y no porque Hércules no siguiera desempeñando su oficio, sino porque, decían, no había dinero, y si lo había, lo que antes fue visto con indulgencia, se volvió resquemor. Cambió la percepción. Aire fétido, mal olor, brea en los poros, el dinero no alcanza, frío en invierno, nevera vacía, comer de caridad; colores desvaídos, de nuevo la vida en tonos grisáceos. Pero no era una guerra. Era una crisis. Avanzaba como un fantasma impregnándolo todo. ¡La crisis! ¡Que viene la crisis! ¡La crisis!... Sí, vino la crisis, pero ¿de dónde?

El barrendero no lo sabe, ni quién ha traído aquello tan insalubre, tan peligroso. Para él la crisis está relacionada con la que hubo en su pueblo y que afectó a los cerdos, la peste porcina que se llevó a su piara, algo tangible, real, que se veía: los cerdos se ponían malos y se morían, hubo que comprar después nuevos cerdos, pero aquí...

¿Quién ha hecho desaparecer el dinero? ¿Por qué primero lo había y después ya no?

¿Quién ha provocado aquello? ¿Qué enfermedad es esa? Hércules piensa que si ha superado la peste porcina en su pueblo también lo hará con esta, aunque no sepa cómo combatirla. Pero los augurios empeoran.

El desánimo cundió. Solo Enrique seguía como siempre, recitando ripios a cambio de cerveza, la suficiente para sostenerse o para andar haciendo eses. Negro Smith dejó de ser locuaz, el director no acudía a su despacho y, cuando Hércules quiso ir al ayuntamiento para hablar con Montse, le dijeron que había sido despedida. Al parecer no le habían renovado el contrato y se había ido a trabajar a una oenegé. Eso sí, tuvieron la amabilidad de darle la nueva dirección, pero no se atrevió a acercarse, al fin y al cabo, había otros que estaban peor que él, los que ni siquiera tenían dónde dormir o qué comer.

Lo mismo que al enamorarse su mirada adquirió brillo, con la crisis ganó en profundidad. En el albergue pierde de nuevo sus privilegios. Ya no puede estar en él y le mandan junto a los demás a un comedor social. Ahora solo dan el desayuno, no hay presupuesto para más. Hasta que un día, al volver de barrer, se lo encuentra cerrado. La cara atónita de Negro Smith que le esperaba en la puerta le hizo suponer lo peor. En sus manos, su amigo lleva el único atlas que pudo rescatar del despacho del director antes de que lo vaciaran, un atlas universal que contenía desde astros, agujeros negros, estrellas celestes y nano partículas hasta países, ríos y demás orografía de la Tierra.

No se dicen nada. Esperan a que llegue Juana, que por aquel entonces vendía poemas de amor en la puerta de los cines y teatros, donde era conocida y tenía su mejor clientela. Cuando aparece, empiezan a caminar juntos, sin saber a dónde ir. Los acompaña Ulises, el chucho. Ahora están todos en la calle. Aquella noche duermen a la intemperie, mirando al cielo, solo que sin sentir la tierra bajo sus cuerpos y tragándose el humo de los coches.

Lo que pareció algo provisional se fijó por costumbre. Vinieron más días y noches a la intemperie, vinieron el frío y la lluvia y el viento y el calor, soportales, cajeros cerrados, bancos de soledades, cartones recogidos en la basura que hacían de colchón.

LLEGÓ TAMBIÉN la pérdida a la vida de Montse. Pérdida y abandono, pérdida y desolación, pérdida y soledad. Pozo oscuro, caída en picado sin paracaídas ni parapente, agarrada a las paredes de piedra como un gato para no seguir resbalando, escaladora que aprovecha un hueco, una roca saliente, una pequeña prominencia para asentar los pies y asirse con las manos, la espalda en tensión, el cuello mirando al cielo para no perder la perspectiva, ojos a punto de estallar en las órbitas, nariz resoplante, dientes apretados, contracción de mandíbulas, tensa espera para el rescate sin saber cuándo llega. Más de una vez pensó en soltarse y acabar con todo, caer y caer desmayada, finalizarse, punto y aparte de la desesperanza, para qué seguir aferrándose a no se sabe qué, porque alguien ha decidido que está fuera, que no podía seguir con un trabajo de mierda ni con su asquerosa rutina ni vida ni compra ni comida ni ilusiones; otros desmoronan lo levantado, los madrugones, las rutinas, el sueldo, el esfuerzo. Los servicios sociales ya no sirven para ella, fuera del engranaje, sin renovación de contrato, y sin quejarse porque los que estaban debajo se quedaron mucho peor, ellos sin pared, ni sitio donde agarrarse o sobrevivir.

Todo en cuestión de meses. Anunciaron crisis y vino el huracán de despidos. Montse pensó que se libraría, que, al contrario, tendría más trabajo, y así fue al principio, con la conmoción, el *shock*. Después la salpicó, no se podía mantener la plantilla completa y ella no era funcionaria, así que, como ocurre con la Administración pública, a la calle sin indemnización, eso no existe en el sector. Puso en alquiler una habitación en el piso que le legó la *tieta*, ella seguía teniendo techo, sin hipoteca, una privilegiada. No es que mejorara el trabajo, pero se amoldó tras la hostia y el primer dolor, la segunda duele menos y al final te in-sensibilizas o buscas recursos para seguir adelante. Por esa capacidad de aguante, tiraban de la cuerda un poco más y otro poco y otro, cuerda elástica que se tensa sin llegar a romperse porque como ocurra, entonces estás perdida sin remedio. Montse se había despellejado, pero estaba mante-nida por un fino hilo de bramante gracias al piso y a un en-chufe en una oenegé. Quién iba a decir que hasta para eso iba a necesitar recomendación, pero eran tantos en condi-ciones similares que sin contactos no lo hubiera consegui-do. Su buen hacer anterior le abrió puertas, credenciales no le negaron, faltaría más, con todo lo trabajado. Pero la oenegé significaba pagar poco, trabajar mucho, rodeada de personas de dudosa cualificación, con entusiasmo y empa-tía pero sin recursos ni eficacia; no disponer de alojamien-tos ni albergues ni pisos compartidos, todo sobresaturado, llegadas de inmigrantes en condiciones infames, repartos de comida a vecinos que nunca sospechó que podrían es-tar tan mal, que se avergonzaban y cogían rápido el kilo de arroz o de lentejas para esconderlo sin que los vieran salir con ello; organizar comedores sociales y tener que contar con la iglesia, las parroquias y asociaciones vecinales en vez de con el Estado; rondar la caridad en vez de la solidaridad, estar a expensas de quien cocina para repartir luego a los sintecho; la frustración, el desespero, para esto no había estudiado, no, para esto no, para dar comida valía cualquiera. A empezar de cero, sin asideros, a palo seco, rebozándose en el detritus, en la mierda que sueltan a bocanadas y en la que tienes que flotar como puedas para que los demás con los que trabajas no se ahoguen en ella. Y así andar por la vida. Y sin quejarse porque otros muchos, entre ellos Hércules y sus amigos, se lo reprocharían o no lo entenderían, porque Montse era para ellos la salvadora, la que tenía que resolver lo que pudiera y como fuera.

También Flametti cambió el rumbo de su profesión, consiguió una complementaria, porque uno es actor siempre, aunque esté en el paro. Se convirtió en el mejor mangante que se pudiera encontrar, por su aspecto no se sospechaba de él y lo hacía con una elegancia exquisita. Enfrente del supermercado del barrio —él decía que era una multinacional y que ya robaba bastante en el precio—, había una plazoleta donde los jubilados pasaban la mañana tomando el sol o viendo las obras de la ciudad. En los días soleados de invierno, se apostaban frente al súper con bolsas vacías. Flametti se acercaba a ellos y recibía los encargos. Preferible era todo lo envasado en lonchas, fácil de esconder en el cuerpo y, a la salida, tras pagar una barra de pan y poco más, eso sí, vestido con elegancia, bombín y pajarita, revendía el producto a mitad de precio. Todos ganaban. Fla-metti con su nuevo modo de vida, para eso se arriesgaba, los viejos también, que veían en él un recurso eficaz para estirar la pensión.

—*Io non* he conseguido *salmone, anche* sí arenques ahu-mados —decía el empresario italiano.

—Vaya, tendré que conformarme, es el cumpleaños de mi hija.

—*E molto bene per la salute*, y te añado una lata de *foie*.

—¿Auténtico?

—Claro, si arriesgo *la mia libertà* ha de ser por *foie vero*.

El italiano llegó a ser muy popular, de un modo dis-tinto a Hércules. De vez en cuando lo pillaban, pero al ser hurtos de poca monta y él una persona mayor, tras pasar un tiempo enchironado —cama y comida gratis, decía— retornaba a las andadas. Cada vez se alejaba más para alter-nar en otros supermercados, inspeccionaba el lugar, dónde estaban las cámaras, qué productos podía ofrecer con faci-lidad, cuáles eran las novedades, pero a la postre la técnica era la misma. Y daba resultado.

NOS PILLÓ la crisis. Había habido otras, pero no como aquella, que a muchos nos pilló de lleno. Dijeron que habíamos vivido por encima de nuestras posibilidades. ¿Se puede hacer eso? Lo único en la vida es vivir, y ya. No respiramos más aire del que cabe en nuestros pulmones ni cagamos más de lo que tenemos en el intestino ni caminamos más aprisa de lo que nuestras piernas alcanzan ni oímos más que el resto de los seres humanos, como si tuviéramos los sentidos, el instinto o el olfato de un lobo, o la visión del búho por la noche. También se empezó con aquello de que había seres humanos ilegales. ¿Se puede ilegalizar a un perro por vivir o porque es negro o tiene una mancha en el ojo? Por encima de tus posibilidades... como si te regalaran años de vida en vez de quitártelos. Vivimos como los bancos nos dejaron que viviéramos. Y cuando dijeron basta, nos escupieron. Son otros los que están viviendo por encima de las posibilidades del planeta. Tanto coche, tanta ropa extra de usar y tirar: tendría que pasearme por los pasillos de la residencia en pelotas, ¿qué opináis? Hala, con las tetas colgando, los brazos flácidos, el culo caído. Me ha quedado una mierda de pensión de la que no dispongo, a cambio de una habitación compartida en esta residencia, con una compañera alelada, que no sabe quién es, ni cómo se llama ni dónde está, que ha perdido el reflejo de masticar, todo se lo dan en puré y encima se atraganta.

Montse no tuvo más remedio que buscarse otro trabajo, un empleo precario. Se vio abocada a bajar de nivel, a rasarse por abajo con todos a los que ella, supuestamente, tenía que proteger. ¿Quién velaría por ella? Cuando la vida golpea lo hace en serio y lo único que se puede hacer es aprender, sacar lecciones de lo vivido, dar la vuelta al cerebro como si fuera un calcetín y aprender a ponértelo, como me imagino que os está pasando a vosotros ahora. Era mayor que Montse y la he sobrevivido, a ella y a casi todos los de esta historia. Durante unos meses, como os he dicho, alquiló la habitación sobrante para tener un ingreso extra. Después me fui a vivir allí, pagaba mi parte, nos ayudamos y nos mantuvimos juntas.

Parece ser que, ante cada desastre, la culpa es de los ciudadanos. Da igual que tres empresas, solo tres, sean las que más contaminan el planeta con plásticos: la culpa es del ciudadano, que compra comida envasada, usa bolsas de basura y bebe por la calle botellitas de agua. Un cinco por ciento de la gran industria vierte casi todo el CO_2 a la atmósfera, pero la culpa la tiene el ciudadano que utiliza coche o viaja más de una vez en avión. Da igual también que las grandes empresas, los grandes monopolios no paguen los impuestos que les corresponden, que las grandes fortunas estén en paraísos fiscales, que los banqueros hagan trampa con el dinero: la culpa es del ciudadano que tuvo la osadía de hipotecarse para comprar una casa con una habitación de más, un coche por encima de su salario, un viaje fuera de su pueblo. Y que paga al fontanero sin IVA. La culpa también es del ciudadano cuando le da por vivir años de más y por tanto usa más servicios sanitarios, transporte subvencionado, viajes del Imserso; la culpa es del ciudadano que no se muere y hay que pagarle una pensión. Da igual que 4,6 millones de ciudadanos en este país, un diez por ciento del total, no puedan calentar suficientemente sus casas en invierno, porque la culpa es de ellos, por ser pobres. Si la gente vive en la calle, es porque algo habrá hecho para ser un excluido, un drogadicto, un alcohólico o un marginal. O porque le gusta, porque no soporta estar bajo techo, como Enrique. Por entonces asumí que intentar triunfar en una sociedad así, con la que estás en total desacuerdo, era un contrasentido. No pondría más mi empeño en ello, era mejor vivir en los márgenes, porque el reconocimiento y el triunfo en aquel sistema tenía un coste muy alto y no estaba dispuesta a pagarlo. A partir de entonces me fui conformando con lo que tenía, me fui adaptando y acepté mejor mi propia vida. Pero he conocido gente, como vosotros o como yo, que de golpe se vieron en un banco, en un cajero o acudiendo a un comedor social, solo porque la rueda de la fortuna les jugó esta mala pasada. Y vosotros no estáis en ella por casualidad, por chiripa, por un golpe de buena suerte que se llamó Montse.

CUANDO ME enteré de que alquilaba una habitación, le propuse irme a vivir con ella y, una vez que se fue el inquilino anterior, ocupé su puesto. Fue en el año 2009. Lo sé porque mi hija había cumplido dieciséis años y tenía una beca para estudiar fuera. Yo estaba sola y para seguir pagando la hipoteca del piso, decidí alquilarlo. Con lo que sacaba me daba para pagar un alquiler a Montse, las letras del banco y ayudar a mi hija. Había que instaurar una economía de guerra. Entre lo que Montse ingresaba y lo que aportaba yo, podíamos ir tirando.

Me apetece contaros más cosas de la mujer que se ha ocupado de vosotros durante todos estos años. ¿Sabíais que Montse nació en medio de un partido de fútbol? Hasta en eso era original. En el campo se encontraban su madre, que era una forofa del equipo local, su padre y, al parecer, el doctor que la atendió. Yo haría una película con esa escena. Fue el séptimo parto, la séptima hembra cuando seguían esperando varón. Por entonces no se hacían ecografías y el sexo era una incógnita hasta el parto. Bueno, el caso es que rompió aguas, sintió que venía, después de seis niños parecía que el séptimo lo iba a largar allí mismo. Avisaron por megafonía, apareció un doctor enojado por nacer en momento tan inoportuno. Allí mismo, entre las gradas, con la cabeza del médico casi dentro del coño de su madre, con los espectadores alrededor, alternando la vista entre los balonazos y el parto, vino al mundo, no daba ya tiempo de ir al hospital, y allí mismo la rechazó: «¡Otra niña!». Para colmo su padre se paraba delante de la cuna y suspiraba: «¿Qué haré yo para casar a esta hija?».

Montse no llegó a casarse, no tanto por las palabras del progenitor como por el ejemplo de su tía, con la que convivió a partir de los siete años. ¿Que cómo fue? Siendo niña, tendría unos seis o siete años, cogió la solitaria. Fue el diagnóstico del médico. Su madre entendió entonces por qué esa niña estaba tan flaca pese a lo que comía, por qué tenía ese color macilento y esas profundas ojeras. «Típico de Montse», pensó la madre, que se asustó de tenerla en casa por si era contagioso y porque el tratamiento para que la soltara era, en aquella época, desagradable: debía usar el orinal, la niña avisaría cuando saliera y había que inyectar en un anélido el medicamento para que se fuera desprendiendo la cabeza. Ahora tener la solitaria no es algo común, en aquella época sí, y me imagino que el tratamiento será distinto, pero entonces es lo que se hacía. La madre no tenía tiempo ni paciencia con tanta prole, así que la mandó una temporada con una hermana, que era enfermera y podía encargarse de la niña hasta que expulsara el bicho. Su tía se encariñó con ella como si fuera una hija, así que cuando le comentó a su madre, una vez curada, que la dejara una temporada más para que se repusiera, esta aceptó. Un año sucedió a otro, y allí se quedó Montse. Y en esa casa continuó, con su tía, la *tieta* Juliana, decía, que se la dejó en herencia. Salió ganando. La misma casa en la que habéis vivido con ella.

VIVÍ EN su casa a raíz de la crisis. Terminamos siendo pareja. Una se enamora de personas, no de su sexo, y eso pasó entre Montse y yo. Durante ese tiempo fuimos lo felices que se podía ser, hasta que se abrió una herida que no supe cerrar, quedó una cicatriz, un muro, una incomprensión, el dolor. Entre nosotras anidó el rencor, y ella se enfundó en el caracol de su tristeza. Tuve la culpa. Me equivoqué. Una nube cubrió mi cerebro, un impulso cambió mi ser, pensé que sus sentimientos hacia mí habían cambiado, la inseguridad me invadió como un pulpo que me atenazaba y me fui de su casa. Después, cuando quise enmendarlo, ella me había cerrado la puerta. No pude regresar. Siempre he vivido con ese peso, he soñado con ella tantas veces, si ella lo supiera, si hubiera atisbado un poco de todo mi sufrimiento, de lo que me hubiera gustado volver a su lado, abrazarla, dejarme invadir por su cuerpo, sentir su piel junto a la mía, acariciar sus rincones, besarla. Rectificar. Cuánto se echa de menos el amor perdido, el amor de tu vida, con el que has iniciado, disfrutado y llorado tanto. Es un dolor que no se supera, yo no quise hacerlo, quise vivir con él. Me alimentaba. Me acompañaba. Si hubiera un más allá, si se pudiera escoger con quién pasar la eternidad, yo no lo dudaría: con Montse. Se convirtió en uno de mis sueños recurrentes, esos que se repiten hasta la extenuación, aunque pasen los años. Me acerco a ella, voy a su encuentro, me habla, me dice que ha llegado el momento y, cuando acudo a su llamada, hay un muro invisible que me impide avanzar, meto la mano y desaparece, meto la cabeza y siento que me han decapitado. Quiero correr y no puedo, pienso que si atravieso el muro conseguiré mi objetivo pero, aunque ande o corra, sigo en el mismo lugar. Alguna vez en sueños he logrado acercarme, sin embargo, no he podido tocarla. Lo que me hubiera gustado volver atrás, irremediablemente volver atrás. Cuando me enteré de su enfermedad era demasiado tarde, solo pude cogerla de la mano y prometerle que lo contaría todo, bueno, casi todo, esto no, esto queda entre ella y yo. Me quedé con esto dentro, tampoco era el momento, salvo para decirle que la quería, que siempre la había querido, que era la mujer de mi vida, aunque me había dado vergüenza reconocerlo por el qué dirán, por los prejuicios, porque antes no es ahora, porque la valiente fue ella, no yo. Cómo duele enfrentarse a la verdad cuando una es vieja, cuando solo se puede vivir de recuerdos.

UNA NOCHE de verano, mientras duermen en la calle, los cuatro en un cajero si contamos al chucho Ulises, le roban el cubo a Hércules. Con frío no hubieran podido hacerlo, pues había adquirido la costumbre de dormir dentro de él, tal como hizo la primera noche de su aventura, cuando pensó que había llegado a la ciudad. Pero con el calor el cubo es una sauna. Así que, al despertar por la mañana, se encuentra con que le falta su herramienta. La inmensa rabia que siente da paso a la desolación. Negro Smith y Juana le proponen buscarlo, no puede andar muy allá. Es un cubo viejo y trastocado, que había aguantado envites, años y golpes, tampoco sirve ya de mucho. ¿Quién querría un cubo así?

Inician la búsqueda, se dividen la zona y quedan en avisar al resto para rescatarlo: no saben con quién pueden encontrarse. Justo cuando están a punto de desistir y han vuelto al punto de reunión, Ulises empieza a ladrar y entonces lo ven, usado como asiento por un tipo que lo ha abollado en el medio para que resultase más cómodo para sus posaderas. Aquello indigna tanto a Hércules que tiene que contenerse para no liarse a gritos. Se acerca a él y, con toda la calma que puede, con las manos cerradas en un puño, le dice:

—Este cubo me pertenece.

—¡Y un cuerno, es mío!

—¡No, lleva mi nombre! Mira en el interior, verás mis iniciales grabadas: H. L.

—¡Me importan un pito tus iniciales y tú! Este cubo es mío ahora, ¡lárgate de aquí!

—¡No pienso hacerlo sin mi cubo!

—¿Ah no? ¡Tu cubo, tu cubo! ¡Mira lo que hago con el cubo!

Empieza a machacarlo con una piedra, a la vez que le propina varias patadas. Hércules siente entonces un calor repentino, como si todo lo que había acumulado desde que vive en la calle se convirtiera en un río interior que, desde el intestino, sube por el esófago y sale en forma de grito, una sola letra que remueve y sorprende a los allí presentes, que nunca le han visto así: ¡¡AAAAAAHHH!!... Acto seguido, con una fuerza insospechada, se abalanza sobre el ladrón y, sin mediar palabra, la emprende a puñetazo limpio: «¡Hideputa! ¿No viste que era mi cubo?, ¿qué te ha hecho mi cubo? ¿No te dije que era mío? ¡Quién te ha dado derecho!». El mendigo trata de cubrirse de los golpes que Hércules le propina en las costillas, en el estómago, en la cara, hasta que cae desmadejado al suelo y le remata con patadas en la boca, en los riñones, en las piernas. Lo deja hecho una alheña. Negro Smith, asustado, se abalanza sobre Hércules para retenerlo:

—¡Ya basta, Hércules, lo vas a matar!

—Mira en qué estado...

—No te preocupes, lo arreglaremos, anda, vámonos.

Y se alejan, Negro Smith y Juana arrastrando a Hércules y al cubo, con el chucho detrás, dejando tirado en el suelo al que tuvo la osadía de robarlo, sin que sepan si está medio muerto, si se recuperará o si alguien lo auxiliará. Ellos, desde luego, no. Después la emprende a golpes con Ulises: «¡Tú, maldito chucho, por qué no ladraste anoche en vez de ahora!». Y una patada y otra y otra, y el chucho con el rabo entre las piernas, hecho un ovillo, gimiendo y aguantando su suerte, un amo que por primera vez es despótico. Y cuando se cansa de darle patadas empieza a pisotearlo y a punto está de saltar sobre él cuando Juana le da un empujón y Hércules cae al suelo, jadeante, lloroso, al lado de Ulises, abrazándolo, pidiéndole perdón tras oír la voz de Juana: «No le eches la culpa, él no tiene nada que ver».

¿Qué le ha pasado? ¿De dónde ha sacado tanta fuerza, él, precisamente él? Se siente orgulloso de su hazaña, no con el perro, la otra. Pese a considerarse un hombre pacífico, hasta el punto de parecer tonto, jamás había pegado a nadie ni había sentido esa furia por dentro. No le duele la paliza que le ha dado al mendigo, ni saber si estaba muerto o no. Simplemente está harto y la ha pagado con él. Había venido a la ciudad a prosperar, no a vivir en la calle. Ha hecho todo lo humanamente posible, apenas había rechistado, había vivido en un albergue municipal, había cobrado solo propinas. Pero el robo de su cubo... ¿Qué le estaba pasando a la gente? ¿Era esto lo que producía la crisis? Sacar lo peor de cada uno, no solo que le roben a él, que está en la calle, que le confunden con un mendigo sin derechos, sino lo más terrible, la maldad que ha aflorado en él, lo que acaba de hacer, pegar a una persona hasta querer matarla y no arrepentirse de ello.

Se asusta de sí mismo. Ha aprendido a odiar. Ha aprendido a enfurecerse. Ha aprendido la potencia de sus puños, la superioridad mostrada frente a otro. Ha aprendido lo que es el resentimiento. Habría matado por su cubo. Joder, es su herramienta de trabajo, sin ella está perdido, irremediablemente en el paro y entonces sí, será un mendigo más. Y no quiere resignarse.

En aquel momento, toma una decisión: irá a la dirección de la oenegé donde trabaja Montse. Así no puede continuar. Está llegando a lo más bajo.

Aquella noche el chucho volvió a acurrucarse a su lado. Pese a los golpes que había recibido, siguió dándole calor.

DESPLAZO MI energía con más rapidez, de arriba abajo o en círculo, aunque no hacia el universo en expansión, no todavía, pero lo lograré. Percibo que así será. El más allá es solo esto, nuestra energía en el universo, bien en expansión, bien atrapada como la mía. Voy percibiendo lo que dejé pendiente antes de morirme, lo que no arreglé y por lo que estoy en esta especie de limbo. Tiene que ver con lo que ella va contando, aunque se podía ahorrar algunas cosas. Siempre la vi como una entrometida. Dicen que los ancianos tienen más percepción extrasensorial, sienten el más allá como algo cercano a ellos. Es normal que sea así. Son los que tienen más apariciones porque son los que tienen más seres queridos muertos. Yo me he aparecido pocas veces, siempre en sueños, no consigo corporeizarme. Pocos lo consiguen. Al principio me metía en la cabeza de Juana y Negro Smith, no mucho, llevaba poco tiempo transformado en energía y era como un puño, no me había fusionado aún con ninguna otra. Pero sí percibí que, tras mi muerte, me recordaban a menudo, me invocaban y yo me presté al juego, me metía en sus sueños, es lo que puedes hacer cuando eres un cúmulo de energía joven y no tienes mucha experiencia, cuando no sabes muy bien cómo hacer para proyectar tu imagen y que vean una aparición. Se tarda en aprender.

Y por esas energías mentales que viajan hacia los vivos es por lo que algunos creen en la otra vida, en el más allá. Y eso no existe, no hay más allá, todo es el acá, el universo del que formamos parte. Aquí, en el espacio, el aprendizaje es lento, pero tengo todo el infinito si consigo escapar del lugar en que me hallo.El caso es que ellos pensaban que soñaban conmigo, y no podían ni siquiera intuir que era yo quien entraba en sus mentes, les hablaba y, si podía, les causaba mala conciencia, sí, la mala conciencia que queda a quien te sobrevive. Eso lo tenía claro. Por eso mi energía, al principio, se identificaba con esos planetas rebeldes que deambulan por el espacio sin estrella madre. Son expulsados violentamente de sus sistemas planetarios originales tras experimentar interacciones con otros cuerpos espaciales. Luego, poco a poco, me fui amoldando y aceptando lo que me había tocado.

COMO OS iba contando, Hércules, tras el episodio del cubo, decide ir a ver a Montse. Pero no es aquella mujer amable que había conocido en el ayuntamiento y que le ayudó al principio de su oficio; ya no es la Montse que le recomendó al director del albergue y que extendió un documento para que pudiera barrer con el beneplácito municipal. A ella también la han arrasado y eso ha hecho mella en su forma de actuar. Creo que Hércules lo intuye desde el momento en que la ve en un despacho con otras siete personas trabajando apiñadas, cada una en una mesita pequeña, sin separadores, nada que ver con el despacho individual donde la había conocido. Si su presencia está menguada, las expectativas del barrendero también. Las palabras que Montse le dirige nada más verlo confirman sus sospechas:

—Vaya por Dios, ¿a quién tenemos aquí? Si es el barrendero. ¿Qué quieres esta vez, Hércules?

A punto está de darse media vuelta sin decir nada, aunque tiene que resolver su situación, no puede seguir durmiendo en la calle y poner en riesgo su material de trabajo: es su patrimonio. Parece que se han esfumado los buenos modales, el hablar calmo y pausado, el escuchar al otro. Lo primero que piensa Montse es que Hércules solo acude a ella cuando necesita algo. Y era verdad.

El barrendero se da la vuelta para marcharse, pero antes de abandonar el local oye su voz, que le dice:

—Ya que has venido hasta aquí, di algo.

De nuevo Hércules se ve atrapado en la telaraña de la necesidad, de mendigar una petición. Montse ya sabía lo del cierre del albergue y se imaginó que sus andanzas no habían ido más allá de lo que supuso desde el principio. Aunque no había vuelto al pueblo. Hércules le cuenta su situación, lo que ha sucedido, cómo duerme en la calle con sus amigos. Ella responde:

—No sé dónde meterte, Hércules. Los centros de acogida están llenos.

—Por favor, señorita Montse, piense en algo. Si sigo en la calle me volveré loco o mataré a alguien.

Lo mira de frente, se levanta de la silla y empieza a dar vueltas alrededor de la minúscula mesa que tiene. Hércules se pone en pie y ve cómo se acerca a otra mesa, cómo cuchichea con una compañera, luego con otra. Se siente aliviado, sabe que está buscando una alternativa, le da igual la que sea con tal de salir de la calle.

—Podemos llegar a un acuerdo. —Se dispone a escuchar su propuesta—: Tenemos un local, no es un piso ni un albergue, está a pie de calle, ha sido donado provisionalmente por sus dueños. Lo usamos de almacén para los alimentos no caducos, los que luego distribuimos a los comedores sociales.

—¿Tiene techo? ¿Está seco?

—Sí, claro. Podéis quedaros a dormir tú y tus dos amigos, a cambio de que vigiléis la comida y nos ayudéis a repartirla cuando lo necesitemos.

—¡Eso está hecho! Ya verá cómo nos encargamos de todo. Usted no se preocupe.

—Es un local frío, pero podemos habilitar una parte, poner un biombo para separar una pequeña zona. Buscaremos colchones, un infiernillo y a lo mejor una estufa.

—¡Gracias, señorita Montse! Esta vez no me olvidaré de usted, se lo prometo.

El local estaba en la prolongación de Distrito Sur, una zona nueva, antes descampado, que se había ido conformando otra vez con la llegada de nuevos emigrantes, casi todos ya de otros países. Allí se instalaban los vendedores del top manta, los puestos callejeros clandestinos, los que iban después a la vendimia o a la recogida de la fruta en temporada. Y también donde se comerciaba y trapicheaba con cualquier tipo de mercancía, psicotrópicos, alucinógenos y demás variantes que vendían un minuto de felicidad. Era lo único que, de momento, podía ofrecerles, aparte de la calle, donde ya estaban. Hércules aceptó y no le costó convencer al resto. Seguirá barriendo, aunque allí las propinas serán, como mucho, un sorbo de vino, una calada a un canuto, una alegría para el cuerpo o simplemente nada si te niegas a todo lo anterior. Pero tienen una cierta protección de la oenegé, que, a cambio de colaborar en el comedor mendicante, les garantiza una comida caliente al día y de paso alguna legumbre, leche y pan sobrantes. De vez en cuando, dependiendo de la generosidad de los vecinos, puede caerles una comida extra.

Desde que se instalaron en el local los tres, los asaltos y robos al almacén de comida desaparecieron, y así lo hizo constar Montse en su informe a la oenegé cuando justificó aquella decisión.

HÉRCULES VUELVE a tener un techo junto a sus amigos. El chucho Ulises es admitido también y deja de dormir a la intemperie, tenía derecho tras haber soportado la inmerecida paliza por el robo del cubo. Pero el amor brujulea en otras direcciones. Una noche, deberían ser las tres o las cuatro de la madrugada, Hércules se despierta sintiendo unos movimientos acompasados en el colchón de al lado del suyo, conseguidos en un contenedor, uno para Negro Smith, otro para Hércules y Juana. Se da la vuelta y ve cómo ella está montada sobre Negro Smith. Se tapan mutuamente la boca para no emitir sonido alguno, pero el ritmo del colchón los ha delatado. Él se vuelve de espaldas y también se tapa la boca para no soltar un gemido de dolor. Hace como que duerme, como si no se hubiese enterado, aunque se siente engullido por un pozo oscuro. Es su amigo. Es su novia. ¿Cómo pueden hacerle eso? ¿No estaba Juana satisfecha con él? Apenas puede respirar. Siente cómo el vaivén cesa, un suspiro y la placidez de los dos que tiene a su lado, hasta que se quedan dormidos. Pero él no puede hacerlo.

Las imágenes se le superponen. Se los imagina entonces follando cuando sale a barrer. Aparecen ante él detalles a los que hasta entonces no les había dado el significado que en realidad tenían: los roces de manos, las miradas que se intercambian, alguna vez que aprovecha Negro Smith para pasar junto a ella y apretarse. Ahora todo encaja.

Necesita salir a la calle, tomar el aire, pero si lo hace a las tres de la madrugada, se extrañarán, le preguntarán a dónde va, qué es lo que pasa, y no sabe cuál puede ser su reacción. Teme que el monstruo agazapado en él salte de nuevo, como ocurrió cuando le robaron el cubo. Y eso no. Son sus colegas de infortunio. Sale del almacén cuando está amaneciendo. Es todavía pronto, pero no tanto como para delatarse ante ellos. No sabe por qué se siente avergonzado, parece que es él quien ha cometido una fechoría. Se viste rápido y en la calle respira hondo, una, dos, cien mil veces, deja que sus pulmones se ensanchen y entonces empieza a llorar. Se va lejos, tan lejos que no encuentra país que barrer, sino que viaja hacia su interior, decidido a mirarse por dentro.

Al poner distancia, las imágenes que ha presenciado, los gestos entre los dos que ahora cobran otro sentido se van difuminando en el aire, entre las calles... Ahora puede pensar: Juana es su novia, eso cree, y Negro Smith su mejor amigo. Los dos le han traicionado. ¿O no? ¿O la traición es otra cosa y eso es lisa y llanamente que le han puesto los cuernos? Pero ¿quién afirmaba que aquello no era lícito? Los tres conviven porque la vida les ha empujado a ello y comparten el mismo espacio, no tienen otro.

¿Qué esperaba? ¿Son ellos los culpables? ¿Acaso no es mejor compartir, antes que volver a la calle o que lo hicieran Juana y Negro Smith? ¿Qué va a ser de cada uno de ellos si eso ocurre? Menuda responsabilidad, menudo sentimiento de culpa, mucho peor que lo que ha pasado. Pero ¿cómo se han atrevido a hacerlo con él delante? Alto ahí, tú también lo has hecho, disimulando. Acuérdate de aquella vez, Juana te echó el brazo por encima, tú dormido, Negro Smith también, y la mano de Juana en tu polla, que fue creciendo y te despertaste, y allí mismo, sin hacer ruido, o eso creías, con Negro Smith durmiendo, o eso parecía, lo hicisteis. Pero claro, era tu novia, tenías derecho.

¿Y él? ¿Acaso no tiene derecho? Seguro que está mejor dotado, eso decían siempre. ¿Vas a privar a Juana, con lo que la quieres? ¿Qué significa para ti que los demás digan que aquello no está bien, y tal y tal? Tú no lo has buscado, en Negro Smith ha sido la necesidad, acaso en Juana la compasión y en ti la amistad hacia los dos. Todo eso había que compaginarlo.

Pese a su discurso, Hércules se siente como un calcetín del revés, con las tripas y costuras por fuera, los huesos desprotegidos a las inclemencias y el intestino enredándose en las ramas de los árboles. Se siente barrido del mapa. Borrado. Diluido. Evaporado. Etéreo. Disminuido. Explosionado. Tiene que ir luego recogiendo calle por calle, entre semáforos, alcorques y descampados, aquí el hígado, más allá la bilis, desenredar las tripas, atrapar de un salto el corazón, estirar los riñones, enfrentarse al bazo y pelear por colocarlo todo de nuevo en su sitio, aprender a andar, un paso, otro, efecto prensil en las manos, doblar los codos, pestañear y fruncir el entrecejo, rascarse la barba de dos días que lleva. Entra en un bar. Y en otro. Y en otro. Aún necesita otro más. No puede enfrentarse a esa situación estando sereno. Si llega borracho, no tendrá fuerzas para liarse a golpes.

Regresa al local de noche y vuelve a sentir que no respira, que una nube tóxica inunda el ambiente. Los mira al entrar, Juana y Negro se ponen de pie, como si le hubieran esperado todo el día, temiendo ese momento, pero a la vez aliviados porque ha vuelto. Aunque venga haciendo eses, aunque esté con las piernas bien abiertas para no caerse. Negro Smith va a decir algo, abre la boca y, ante el gesto de rechazo de Hércules, se queda así, quieto, sin poder cerrarla, paralizado. Entonces comprende. Se da media vuelta y se aleja entre las latas de conservas y los arroces. Juana y Hércules necesitan estar solos.

—¿Le quieres?

—Sí.

—¿Así, sin más?

Ella asiente con la cabeza. Hércules suelta un suspiro y, como por instinto, empieza a recoger sus pertenencias, las mete en el cubo y se dispone a marcharse cuando oye la voz de Juana que dice:

—También a vos.

—¿Y eso?

—Os quiero a los dos. ¿Tan difícil es de entender?

—Para mí sí.

—Sos igual que Negro Smith.

—¿Qué *quiedes* decir? —Hércules empieza a balbucear por efecto del alcohol, también por contener el llanto. Las palabras no salen como él necesita en ese momento.

—Está empeñado en que me decida por uno de los dos, y no pienso hacerlo.

—¿*Pod* qué?

—Yo no lo he buscado. Yo no elegí quedarme otra vez en la calle, ni que viviéramos y durmiéramos los tres juntos. ¿Qué esperabas?

Hércules se calla. Un insoportable dolor de cabeza le está invadiendo, como si le fuera a estallar de golpe toda su infancia, su juventud, la mala suerte en la ciudad pese a todos sus esfuerzos y, de inmediato, piensa que ellos también se pueden sentir así, que Juana tuvo que venir de un país diferente siendo muy joven, una pibita como ella decía, y no había buscado terminar en la calle; que Negro Smith tuvo que huir de su país, por la circunstancia de un mal polvo, y ahora, de nuevo, pese a ser el que más privilegios ha tenido en el albergue, se encuentra como él, viviendo prácticamente de la caridad. Él sigue barriendo para no enfrentarse con esa situación dolorosa, aunque los países a veces se le atragantan, son mapas difíciles de sobrellevar sin aligerar su carga como antes, cuando aprendía con ellos; Juana vende poemas de amor para sobrevivir, Negro Smith carga las cajas del almacén y los tres están unidos por un destino y un par de colchones. No puede hacer otra cosa que aceptarlo, desempaquetar sus pertenencias, sentarse sobre el colchón en el suelo y echarse a llorar hasta caer dormido. Juana y Negro Smith permanecen a su lado, en silencio. El chucho le lame la mano que cuelga rozando el suelo.

¿QUÉ DERECHO tiene a contarlo? Vaya cretina. ¿Qué van a pensar estos chicos? ¿Qué les importa a ellos? ¿O sí? No fui un idiota, no voy a consentir que lo piensen. Quiero que me recuerden mejor de lo que ella cuenta, incluso mejor de lo que yo era. Hubiera preferido que se ahorrara el episodio de cuando la Juana me puso los cuernos con mi mejor amigo. ¿A santo de qué? ¿Para dárselas de que me conocía lo suficiente? Se lo contaría la Montse, me imagino, pero ella siempre se apropiaba de lo que le contaba, quería hacer con ello una novela. Cuando me pusieron los cuernos mi reacción fue otra. Al principio no lo acepté. Después no me quedó otro remedio, pero no fue como ella lo ha contado. Lo primero, al volver de la calle, borracho y todo, fue liarme a hostias con el Negro, el cabronazo del Negro, el traidor del Negro. No me gusta recordarlo, no me siento orgulloso de ello, pero fue así. Al principio no quiso responder al guantazo que le di, que para él debió de ser como un soplamocos, yo estaba medio borracho y nunca tuve fuerzas. Con el del cubo pude porque era un yonqui, estaba más débil que yo y por eso me ensañé. No me siento orgulloso, pero es lo que hice. Al Negro le di un puñetazo en el estómago y me hice daño yo. Como vi que no me lo devolvía, empecé a darle en la cara, en los brazos, donde podía, lleno de

furia, hasta que se hartó y me dio tal hostia que me hizo perder el conocimiento. Me lo tenía merecido por meterme con alguien mucho más fuerte que yo. Y eso que se contuvo. Me desperté sobre el colchón y la cara de los dos encima: me estaban echando agua. Lo de ponerme a llorar fue más tarde porque me dolía todo, me sentía humillado por partida doble, en mi espíritu y en mi cuerpo. Y la conversación mía con la Juana no existió, fue entre los tres y decidimos aceptarlo por amor a ella, pero a ninguno de los dos nos hizo gracia que el otro estuviera en medio. Ahora, aquí, todo eso me parece nimio, ante la magnitud de lo que contemplo. Acaba de pasar ante mí un intruso interestelar, como yo, que no está ligado a ninguna órbita gravitacional, como yo, que he sido el primero en llegar a este universo, el primero de ellos.

¿ME PREGUNTÁIS por qué me vine a esta residencia? Hubiera preferido un *cohousing*, esos grupos de amigos que pasan la vejez juntos, cada uno con su pequeño apartamento y los servicios comunes. Me parecía una propuesta sensata, considero un despilfarro que en cada casa haya una lavadora, una nevera, un lavavajillas, en muchos casos para personas que viven solas. Me gusta más el modelo americano que se ve en las películas: las lavadoras en el sótano, comunitarias, o si no, lavanderías. Intenté hacer eso, no penséis que no lo intenté, digo lo del *cohousing*, pero ni tenía amigos que quisieran acompañarme ni yo era suficientemente «clase media» como para podérmelo permitir. Demasiado caro. También me hubiera gustado vivir en Noruega, cerca de mi hija y mis nietos, pero tampoco mis ingresos dan para eso, allí la vida es un disparate para una pensión peninsular y no soportaría el clima, soy demasiado friolera, no conozco el idioma y sus costumbres son distintas y eso que, por lo que sé de su forma de vida, despiertan en mí simpatía. Tenía que haberme ido más joven para haberme acoplado. Ahora es demasiado tarde. Me gustaría morir de un infarto o un accidente, de golpe, sin sufrimiento, pero es pedir mucho, no hay antecedentes de corazón en mi familia, sí de cáncer o alzhéimer. Con los años me han ido cayendo achaques. Dolor fijo, constante, agudo, meses y meses. No sé si tuvo relación con las medicinas que me dieron, pero un buen día empecé a desorientarme, me ponía un zapato distinto en cada pie, tenía un plato de comida preparado por mí y al sentarme en la mesa su sabor me extrañaba, duraba un rato, una ráfaga, y volvía a ser yo. Me asusté, estaba aprisionada en un ser extraño. Vino también la depresión, el hundimiento, contornos desdibujados, no saber quién eres ni lo que haces, que no te pregunten, no querer hablar ni comer, salir a la calle y no saber cómo volver, cómo usar las palabras, cómo hacer que recorran desde el cerebro a la lengua, el no reconocerlas, la extrañeza al pronunciarlas, como si perdieran su significado o este se viera alterado en el proceso mental. Lo siguiente fue el ataque de pánico, la ansiedad, respira hondo, así, llena los pulmones, no te ahogues, siéntate en un banco, ¿lo ves?, ya estás mejor, ahora recuerda, desanda los pasos, regresa a casa, compra el pan. Conductismo puro, pequeñas pautas, asideros para seguir porque es mentira que quiera morirme. Ingresé en esta residencia. He descubierto que si no me tomo la medicación, no me desoriento tanto. Hago trampas. Si la estuviera tomando, no podría contaros casi nada. Duraré menos tiempo y tendré más dolores, pero en el ínterin seré más yo, no una zombi alelada para no crear problemas en esta especie de cárcel. Se dice que uno se templa con los años, aunque en mi caso ha sido al revés, conforme he ido profundizando en este mundo me he radicalizado. Si yo tuviera ahora la energía de la juventud, con lo que sé, a lo mejor era un monstruo y la emprendería contra tirios y troyanos. Como soy ya mayor tengo la ventaja de decir lo que me da la gana, parece que está permitido. Los actuales dogos pegan dentelladas, te arrancan órganos enteros. Amenazan y luego cumplen. Parecía que estaban agazapados y han surgido después sin complejos. ¿Qué pretenden? ¿Qué sentido tiene que os cuente esta historia cuando la vieja Europa se quema en sus miserias?

Desde aquí miro alrededor y veo a los que están peor que yo, intento establecer una corriente de simpatía, aunque nunca conseguí que me aceptaran los Kikes o Juanas del barrio, los barrenderos o repartidores, los que siempre he considerado en peor situación que la mía. A veces, cuando salgo a pasear y me los encuentro, no los de antes, que ya no están, los de ahora, porque surgen por emanación del sistema en cada época, suelo invitarlos a un café para que sientan que estoy con ellos, la mayoría de las veces pensarán que soy una gilipollas y no les falta razón. Cuando me fui de casa de mis padres dejé el mundo al que pertenecía, pero tampoco pertenezco al de ellos, estoy en tierra de nadie.

¿Que por qué admiraba a Hércules? Porque me parecía quijotesco, porque Hércules era un poco nosotros, solo que con menos suerte. Nacer en una familia, en un lugar y en un tiempo determinado marca, vaya que sí. Podía haber nacido en España durante la Guerra Civil, por ejemplo. Hércules me parecía una especie de héroe, anónimo, generoso, su bonhomía era manifestación de inteligencia, de una inteligencia natural, sin cultivar, pero inteligencia, al fin y al cabo. Mantuvo su dignidad hasta el final y no traicionó a sus amigos. ¿Por qué la sociedad no se ha portado mejor con él? ¿Por qué no sabemos distinguir los Hércules con los que nos cruzamos todos los días? Están ahí, solo hay que descubrirlos. También a los que llegan de fuera. Suele venir lo mejor de cada casa, el más audaz, el que tiene ganas de cambiar su situación, de rebelarse contra el infortunio. Y aportan más de lo que reciben. ¿A qué viene, pues, el miedo, el rechazo? ¿No fue acaso inteligente la postura de Hércules, compartir su amor con su mejor amigo? Yo no fui capaz de compartir mi amor por Montse con vosotros.

¿QUÉ HAGO yo diciendo estas cosas? Empiezo a vislumbrar otra faceta en el barrendero, algo distinto a lo que yo pensaba hasta ahora, acaso porque estoy profundizando en el personaje, acaso porque anoche soñé de nuevo con él, era inevitable que se me apareciera tal y como lo vi las últimas veces. No asistí tanto a su deterioro, me lo encontraba de vez en cuando barriendo algún país y nos tomábamos unos cafés juntos. No aceptaba que lo invitara. Era en la época en que Montse y yo compartíamos vida y casa. Cuántas veces necesitamos repensar sobre las personas que tenemos a nuestro alrededor para comprenderlas en profundidad, como me está pasando con Hércules. No tengo ya la misma imagen de él. Pensé que era un simplón y algo inocente. Ahora, con los ojos de la senectud, al contaros la historia y analizarlo bajo otro prisma, comprendo que era un sabio, a su manera, esa sabiduría que da el haber pasado gran parte de la vida en contacto con la naturaleza, sabiendo integrarse con el aire, la tierra, la lluvia, los campos y sus animales, los árboles o los picachos que rodeaban su aldea. He cambiado el prisma, el foco a la hora de repensarlo, lo descubro de nuevo. Alguien así, con ese tipo de sabiduría, me vendría bien en esta residencia.

Aquí solo me llevo bien con Severiano. Está sordo. Tiene a su hija en Francia. De vez en cuando viene a verlo, como hace la mía por Navidad y en mi cumpleaños. Severiano tiene noventa y nueve años y no le duele nada. Eso dice. Es un gran conversador. Salimos juntos a la calle, nos tomamos un café en el bar y de paso leemos los periódicos, a la residencia no llegan, según la directora para que no nos alteremos. En la biblioteca solo hay libros infantiles. Dicen que somos novios. Ja. Él fue tipógrafo y de vez en cuando me recita un poema que se aprendió en el penal de Burgos. En cuanto hablé con él supe que era de la cáscara amarga. Hay cosas que se pillan al vuelo. Le han prometido que cuando llegue a los cien le harán una fiesta. Pues vaya. Vine aquí porque no tenía a dónde ir y me daba igual morir de una cosa u otra. Pero sigo viva. Bueno, me he desahogado. Seguiré ahora con mi promesa, contaré un poco más. Mientras, coso palabras para hacer una colcha con los retales de mis recuerdos. Pego ideas y sueños en las esquinas de mi vida para que me saluden al pasar.

TODO SE desencadena en un invierno, acaso porque el jersey de Hércules, el que tejió su madre, ya no abriga como al principio, acaso porque le ha tocado barrer Siberia en unos días especialmente fríos. El dolor de cabeza que le había entrado al descubrir las relaciones entre Negro y Juana no solo no ha desaparecido, sino que ha ido aumentando. Hércules llega un atardecer con tiritona, le tiemblan las piernas y sus aperos hacen lo mismo. Al verlos entrar, Negro Smith no sabe distinguir quién sostiene a qué y guarda él mismo sus cosas en un armario que habían recogido de la basura y al que hicieron cuatro compartimentos, uno para cada uno y el último, más largo, para colocar el cubo y las escobas. Después acuesta a Hércules en el colchón y le echa encima todo lo que hay de abrigo. En la cocinilla que tienen calienta un cuenco de sopa que había preparado Juana y se la va dando. Hércules apenas abre la boca, no quiere comer, Negro Smith insiste: «Una cucharada por Sudáfrica, otra por Lisboa». Con mucho empeño, país a país, surcando mares y ríos, se toma la sopa y entra en calor, aunque pasa la noche delirando. Negro Smith no se mueve de su lado y cuando el agotamiento hace mella en él, es sustituido por Juana. Así van alternándose con la esperanza de su recuperación. Pero no.

Deciden llevarlo al hospital. Se encuentra tan débil que le cuesta mantenerse en pie y caminar. Tras examinarlo, el doctor mueve la cabeza en sentido negativo. Tiene algo más que una bronquitis muy fuerte. Quisieron dejarlo ingresado, era lo más prudente, pero Hércules se niega pese al frío del local. Supongo que no quiso dejar solos a Juana y Negro Smith. Le recetan antibióticos y reposo. Mejora algo, pero no termina de recuperarse, así que le mandan más pruebas: análisis, placas, radiografías; le meten en un tubo y hacen fotos en lonchas como si le diseccionaran, como cuando se corta el embutido con máquina y le dan el diagnóstico definitivo, que confirma las sospechas del médico. El tratamiento es duro, el tumor de la cabeza no operable, pero puede reducirse. Hércules ha entrado en el terreno de la enfermedad y no tiene salud para ir a un hospital, es su argumento. Si entra en el juego, van a probar con él tratamientos experimentales. Nunca se ha sometido a ninguna regla oficial, ha sido todo lo libre que le han dejado barriendo y vagando por las calles. ¿Para qué quiere entrar ahora en el sistema, aunque sea el sanitario?

Visitan a Montse. Negro Smith y Juana se convierten en su ánimo, sus piernas y sus brazos. Son ellos los que le aconsejan hablar con Montse, que sepa lo que está pasando, que les diga qué pueden hacer. En el fondo y para ese tipo de cosas, se fían más de ella que de la opinión del doctor, que les habla de sesiones de quimioterapia y nuevos tratamientos experimentales que parece dan resultado.

—No son buenas noticias, Hércules —dice Montse.

—Eso ya lo ha dicho el médico.

—¿Sabes los efectos de este tratamiento?

—Me lo imagino. Pero no lo quiero, para qué alargar sufrimiento. Solo deseo un poco de paz, estar con mi gente, pasar el tiempo lo mejor posible.

—¿Y cuando tengas dolores fuertes?

—Bueno, calmantes, si puede ser, señorita Montse.

—Puede ser, tranquilo, yo me encargo.

Montse acudió entonces al único médico del que se fiaba, un médico vasco que trabajaba en la sanidad pública, de nombre Javier y apellido impronunciable por lo farragoso que resultaba, capaz de atender a yonquis, delincuentes y gente de la calle con la dignidad que hacía tiempo les había sido negada. Tenía en él toda la confianza del mundo, podía entender cualquier situación y decisión de un enfermo, con la mente abierta, sin prejuicios y con toda la humanidad que se suponía debían tener todos los que practicaban la medicina. A él acudía cada vez que tenía un problema serio. A él acudió Montse aquella vez. Y de nuevo resolvió el problema. Decidió encargarse personalmente del enfermo para evitar burocracias del sistema, recetándole lo que necesitaba, ingresándole de manera esporádica para reforzar tratamientos y paliar dolores.

Así pasa Hércules el resto del invierno, deseando que llegue la primavera y florecer con ella. Con la mejoría inicial de la medicación llega a engañarse, a pensar que en el verano podrá irse de vacaciones. Le gustaría conocer el mar, bañarse en él, ver los barcos, los puertos, las gaviotas... le gustaría regalarle un puerto a Juana y envolverla en las redes marineras, follar sobre ellas y abrazarla cubiertos de la espuma que salpican las olas; también quiere un faro para Negro, sería un buen vigilante, siempre al acecho de todo.

Pero la primavera se presenta lluviosa y el primer día que sale a barrer, Hércules empeora. A partir de entonces entra en el hospital cuando tiene dolores, le ponen calmantes y vuelve a salir. Vivir en la zona donde les había reubicado Montse también ayuda para conseguir sustancias adicionales que le relajan y le sirven para tener otro tipo de viajes placenteros. Qué más da si a esas alturas se hace drogadicto. Total, para lo que le queda... Es un complemento que de vez en cuando Juana le lleva y que le ayuda a sobrellevar su enfermedad. También sabemos, sobre todo por los que lo conocieron bien, que cuando se encuentra mejor desaparece y se acerca a las calles donde empezó el oficio, donde los vecinos lo conocen y pueden aún darle alguna propina, aunque al barrer se deje ya la mitad de la basura, entre mareos, la vista algo borrosa, el cansancio.

¿Y ESTAS flores? ¿Que hoy es mi cumpleaños? En esta residencia lo chivan todo. A mí me da igual cumplir años que no. ¿Sabéis lo que os digo? Ya que es mi cumpleaños vamos a ir a un bar que está cerca de aquí y me vais a invitar a un ron, aunque yo pague. Un día es un día. Y seguiré contando. Solo me queda disfrutar con estas pequeñas cosas, una bebida, compañía, una historia, el sol que calienta mi espalda. Sí, aquí es. Hay una mesa vacía. Sentémonos: «¡Camarero, un ron para mí y dos refrescos para ellos!». Mirad, he visto en el mostrador que tienen bizcocho, pediremos unas raciones como si fuera mi tarta.

Mientras merendamos, continúo:

A Hércules no le faltó de nada y, si necesitaba refuerzos cuando la morfina ya no le hacía casi efecto, se los agenciaba Juana. No me preguntéis cómo lo conseguía, pero hacíamos colectas. Ellos no tenían dinero. Ahora sois jóvenes y con la extraña locura de una edad en que se piensa que eres casi inmune a las enfermedades, que a ti no te va a tocar nunca, o tan lejos, tan lejos, que se ve como algo improbable. Habéis tenido la suerte de nacer sanos, robustos: de bebés era una gloria veros, tan orondos, comilones, creciendo sin problemas. Y podía haberos tocado otra cosa, tampoco vuestro nacimiento fue en las mejores condiciones, pero ya veis, la fortuna os bendijo desde la cuna, o en aquellos pequeños capazos donde os metieron al principio. Si me tomo todas estas molestias, es porque creo que ha llegado el momento de que conozcáis cuáles son vuestras raíces. Por mi parte, cumpliré mi promesa y me habré quitado esa responsabilidad. Ah, ¡qué tarde tan espléndida! El sol dora nuestros contornos, nos acoge con sus rayos. Es un bonito día de otoño, se despliega ante nosotros con todos sus colores y matices, del verde al marrón, del amarillo al rojo, las hojas secas cubriendo el suelo, acompañándonos a nuestro paso con su ruido al pisarlas. Brindemos por ello y por mi cumpleaños. ¡Salud!

QUIZÁ POR efecto de la morfina o de los psicotrópicos, el caso es que Hércules continúa viajando. Se ha construido un personaje imaginario que le susurra ciudades y lugares fantásticos, sitios en los que se aprisionan palabras, otros con techos de oro macizo y puertas de lapislázuli. Lugares donde adoran a los hipopótamos, ciudades-reflejo con tal nitidez y perfección que no se puede distinguir cuál de las dos es la verdadera; espejismos que se muestran con toda veracidad para esfumarse de un manotazo; personas de múltiples brazos, humanos con trompas de elefante. Todo lo que había visto, leído o escuchado en sus años de albergue, todo lo que le habían contado de otros pueblos o lugares, de otras costumbres, se mezcla en un mundo interior al que los demás no tienen acceso. Decían que deliraba, pero no era verdad: estaba viviendo una intensa experiencia interior.

Sobre el atlas que Negro Smith rescató, ha podido conocer algo del cosmos, lo que hay más allá del planeta. Sabe que le queda poco tiempo y quiere prepararse para cuando llegue su hora. No puede entender lo que es un agujero negro, la diferencia entre planetas, plutoides y enanas marrones, las estrellas que brillan y ya no están, el polvo de la Vía Láctea, otras galaxias, otros soles, las proporciones áureas; no puede asumir ya conceptos nuevos de los que nunca había oído hablar: expansión acelerada, supernovas lejanas, energía oscura, partículas diminutas como los quarks u otras llamadas bariones, que para él representan la aristocracia del microcosmos. Si existían en nuestro mundo y, según parecía, hay una relación entre lo grande y lo minúsculo, ¿por qué no va a haber también partículas aristocráticas, quarks albañiles, transportistas y demás en ese otro mundo, aunque sea diminuto? ¿Cuáles serían las partículas destinadas a barrer? ¿Se habrán descubierto o todavía no? Todo se mezcla en su cabeza con la sensación de que ya no le queda tiempo para aprender más, de que va a iniciar su último viaje a ciegas, un viaje a lo desconocido, sin saber lo que se va a encontrar, como cuando llegó a la ciudad, solo que, esta vez, sin saber dónde va su energía: ha leído que no se destruye, que se transforma, ¿pero en qué? ¿Su energía barrerá el universo en expansión o será absorbida por un agujero negro? ¿Necesitará su escoba o solo la energía de su escoba? ¿Cómo podrá aferrarse a ella en su último viaje? La ansiedad ante lo desconocido se apodera de él y entonces empeora un poco más, hasta el punto de que Negro Smith y Juana piensan en esconderle el atlas, pero al fin y al cabo es su única fuente de distracción, y deciden que, para lo que le queda de vida, no van a privarle de él.

Una noche tiene pesadillas: le ataca un bosque de partículas elementales, mucho más peligrosas que un meteorito o un cometa; intenta protegerse tras una nube, pero como tiene hambre se la come como si fuera algodón de azúcar y queda al descubierto. Se despierta temblando justo cuando se abalanzan sobre él todos los quarks, bariones, átomos y bacterias del universo. A partir de ese momento, ya no puede moverse de la cama. Negro Smith se encarga de su último deseo: llevar al tinte su uniforme y vestirle con él. Hércules busca, a través del ventanal, posibles lugares a los que ir, viajar dentro de su cubo con la escoba y el recogedor, el mono limpio y planchado. Él va a viajar antes de tiempo, con solo cuarenta y un años, pero su energía abrirá camino a sus amigos, les estará esperando y, entonces, el universo se va a enterar con tanta energía de perdedores juntos. Seguro que esa batalla sí que la ganan.

Sus amigos intentan animarle, pero ya no remonta. Por más que le dicen: «Ánimo, Hércules, que llega el buen tiempo», sabe que no, que su final está cerca. Él no quiere seguir siendo una carga. Ha llegado el momento de lanzarse a su última aventura.

Un día en que Negro Smith se había ausentado para llevar provisiones a un comedor social, aprovecha para pedirle su último favor a Juana, necesita un refuerzo de calmante callejero.

—Trae algo más fuerte esta vez, o una dosis doble, Juana, antes de que vuelva Negro.

Ella entiende lo que le está pidiendo. Y atiende su petición. Fue su último acto de amor y se siente orgullosa de que se lo pidiera, de que le regale aquel momento íntimo, los dos solos, sin más presencias.

—No me sujetes la mano, déjame ir, solo quiero ver tus ojos una vez más, tus ojos, Juana.

Así inicia Hércules su viaje al universo, con un fuerte resplandor. Las estrellas lo esperan, la basura espacial también.

INTUIMOS CUÁNDO se acerca nuestro final. Y también escogemos con quién queremos estar. Unos dicen que mejor solos o cuando nuestras personas más cercanas se van a comer, a dar una vuelta, a comprar, o simplemente salen de la habitación para ir al baño. Hay algo de necesidad en ello. Mientras te agarran de la mano, mientras alguien muy amado te acaricia la cara, es muy difícil irse, son formas de seguir transmitiendo energía y el moribundo se alimenta de ella. En las enfermedades se chupa mucho de los demás. Solo la intervención del médico o de alguien que te quiera mucho, como hizo Juana, hace el tránsito más suave. Se escoge, y hay que respetarlo.

Juana se vino abajo después y se echó a llorar sobre él, hasta que Negro Smith entró y se la encontró en esa postura, aferrada a un Hércules ya irreconocible. La muerte cambia los rasgos en cuestión de segundos. Al principio Negro Smith se enfadó mucho consigo: tanto tiempo cuidándolo y se tuvo que morir cuando él no estaba. Después se fue calmando poco a poco, se abrazó a Juana y también se echó a llorar. Es curioso cómo la muerte puede desmoronar a las personas más férreas, a las que parecen incapaces de manifestar emociones. Ante ella, ante lo que viene después, revientan por dentro y estallan en un amasijo de emociones confusas, contradictoras, de tristeza y liberación porque ya no sufrirá más, de añoranza, de fatalidad. Incluso a veces de risa, de risa nerviosa. A partir de ese momento, viene la necesidad del consuelo: siempre estará con nosotros mientras sigamos recordándolo, se te aparecerá en sueños, estará vivo, verás su sombra, su imagen por la calle al volver una esquina, en un rincón de casa. Y en sueños se aparecen, vuelven a cobrar vida, te hablan.

Una vez tuve un sueño tras la muerte de mi hermano: estábamos en la playa y él con nosotros, como si tal cosa, mirándonos. Sonreía. Yo decía a los demás: «¿Qué hace aquí si está muerto?». Y me contestaban: «Sí, está muerto, habrá que decírselo, que aquí no puede estar». Y yo respondía: «Yo, desde luego, no se lo digo, no vaya a ser que se enfade conmigo». Al final, dejamos que viniera con nosotros y nos siguió al agua, se bañó y nadó y continuó a nuestro lado hasta que me desperté. Eso sí, no nos habló. Pero siempre supe que mi hermano vino a visitarme, y vino para reconciliarse conmigo, no habíamos estado muy unidos en vida, pero a raíz de su muerte se metió dentro de mí, al menos una parte de su espíritu. Siempre lo recordaré así, mitad niño mitad adulto, diciendo adiós con la mano en una película de super ocho, su despedida. Ahora me alimento de él. Dicen que cuando se muere un hermano pierdes también parte de tu propia infancia, pero él habita en mí como el niño que fue, eso no lo he perdido.

También Hércules ha terminado habitando en mí. Últimamente sueño mucho con él, me sopla al oído, cambia la opinión que yo tenía de él. Ahora pienso que, en cierto modo, fue un visionario. Se dedicaba a limpiar, no a destruir. En la época del consumo desaforado, él se mantenía con lo puesto. Nunca viajó, no tuvo dinero, pero si lo hubiera tenido, tampoco habría cruzado la tierra de punta a punta, en cruceros o en avión. Año tras año, hornadas de turistas saquean allí donde van, contaminando cada vez más un planeta que siempre nos ha acogido. Hércules hizo uso de su imaginación. El resto nos vamos de viaje al otro extremo de donde vivimos, vuelos *low cost* que han democratizado los viajes y ha servido para que sean asequibles, que los trabajadores también tienen derecho, no solo los ricos, pero ¿dónde está el límite? Nuestras ciudades han cambiado por el turismo, nos quejamos cuando vienen a la nuestra, pero hacemos lo mismo cuando viajamos, sin pensar que deterioramos esa otra ciudad, que desalojamos a los que siempre vivieron en su centro, usamos los transportes y servicios públicos que se crearon para la población que vivía en ella y pagaba con sus impuestos, no para el uso y disfrute de quienes no pagaron y llegan en avalancha; como consecuencia, se quedan cortos los servicios, se deterioran por el abuso, porque no se asume que las ciudades tienen recursos limitados. Y lo digo yo que tengo una hija en Noruega. Hasta hace poco, para ir a verla, a ella y a los nietos, cogía un avión varias veces al año. Ahora me niego, aunque es fácil decirlo cuando soy vieja y me cuesta salir, cuando son ellos los que vienen. A lo mejor, la solución está en que la especie humana desaparezca del planeta.

Pero a lo que iba. Los muertos me visitan cuando estoy dormida. El pasado no se borra, nunca, aunque echemos tierra encima, aunque escondamos a los muertos en cunetas, aunque nos hagan lobotomías. Aparece, tozudo, una y otra vez. Así que mejor es abordarlo, hablarle de tú a tú. Como he tenido que hacer yo para reconciliarme conmigo, para reconciliarme con Montse ahora que ya no está, siempre tarde, demasiado tarde. Recordar para poder olvidar después, para reconciliarnos con nuestro pasado, con nuestros errores, con lo que no nos atrevimos a soñar.

MONTSE SE enteró de la muerte de Hércules por la visita de Juana y Negro Smith. Se sabía que iba a ocurrir más temprano que tarde, lo que no reduce la congoja cuando sucede. Se presentaron en la oenegé con los ojos rojos por el llanto. El médico había ido ya al local y les había dado el certificado de defunción. Negro Smith y Juana no sabían qué hacer. Habían recogido el viejo jersey y un recibo que tenía guardado en el bolsillo de su mono de trabajo. Ese fue el motivo de ir a ver a Montse. Cuando lo leyó, se llevó la misma sorpresa que se habían llevado Negro Smith y Juana:

—¿Y esto de dónde ha salido?

—De su bolsillo, señorita Montse —contestó la Juana.

—¡Si es un recibo de un seguro para el entierro!

—Sí, eso mismo dijimos nosotros, aunque es de hace seis meses.

—Comprobemos si hay más.

Los tres se desplazaron al local. Allí está Hércules, en el colchón, amortajado con su uniforme de barrendero, con el cubo y la escoba cerca, como él había pedido. Examinan la estantería de Hércules. La sensación es muy extraña. El desasosiego que parecía habitar en sus cosas, como si notaran su ausencia definitiva, provocó en Montse un temblor de manos y se echó a llorar. Juana hizo lo mismo y Negro Smith iba de una a otra conteniendo sus lágrimas y sin saber a quién consolar.

Dentro del atlas del universo había dos sobres, en uno estaban todos los recibos pagados del seguro. El otro se encontraba cerrado. Eran sus disposiciones finales. Quería que lo incinerasen con su mono de trabajo y lo dejó todo dispuesto, por escrito: una comida para veinte personas, con el dinero para pagarla dentro del sobre y el menú. Encargaba a Montse que lo organizara: salmón ahumado, croquetas, sopa de marisco, cordero y el cava del final. Hércules prefería que la comida fuera en el albergue donde aprendió a ver mapas sobre el asfalto y a amar los lugares que barría, pero también podía ser en algún local de Distrito Sur si resultaba inviable reabrir el edificio.

Los gastos funerarios corrían a cargo del seguro que había pagado religiosamente, mes tras mes durante años, y le daba igual lo que se hiciera con sus cenizas. Entre todos decidimos distribuir una parte en los alcorques de los árboles a los que recogió sus hojas, y el resto, al viento, para que lo llevara donde quisiera. Quizá hasta el mar. Ese mar que no llegó a conocer.

Había dejado encargadas seis coronas de flores. Una, de claveles blancos, con la siguiente inscripción: «Tus amigos no te olvidan». Otra de rosas: «Siempre estarás en nuestro recuerdo». La más bonita de todas, con jazmines, claveles, rosas y flores de campo, también la más grande, con forma de corazón, llevaba la siguiente inscripción: «Gracias por compartir la vida. Juana y Negro Smith». Otra corona con el nombre de Montse: «A la memoria de un amigo». La corona de crisantemos llevaría el siguiente lema: «A Hércules León, siempre en nuestro corazón, Distrito Sur». La última, también pagada, más sencilla y pequeña, que pondría: «Tu familia no te olvida», porque esa siempre es obligada.

El seguro incluía también dos limusinas para los desplazamientos de sus amigos, que serían recogidos donde se realizara la comida, para esparcir juntos sus cenizas.

TODOS LOS que morimos en el mismo día, no importa el año, formamos una comunidad de energías. Tiene relación con los astros, con las vueltas al sol, con Júpiter en confrontación o no con Venus, Saturno y otros planetas o galaxias. Formamos parte de la misma porción del universo, rodeados de chatarra y meteoritos que flotan alrededor, todo en un mismo caos, ese maravilloso caos en el que estamos inmersos.

Hasta ahora había notado energías afines, me he fusionado con algunas, pero ninguna conocida. Eso ha cambiado. Estoy entrando en una calma que no he sentido nunca, ni siquiera con la luminosidad de una cefeida: siento una corriente empática que he de identificar. Aquí todo es lento. Es un efecto relajante que me va absorbiendo, alguien ha venido a hacerme compañía y está dispuesto a fusionarse conmigo: alguien cercano a mí ha muerto el mismo día que yo, y hace poco. Lo intuyo por percepciones especiales. Tarde o temprano lo identificaré y sé que eso me potenciará, liberaré una energía mucho mayor que la que tengo ahora, como cuando dos agujeros negros se fusionan y crean un agujero negro más grande, que puede liberar una cantidad de energía equivalente a ocho masas solares. Ahora solo me queda adivinar por qué sigo atrapado aquí, cuando pensé que lo había dejado todo arreglado. Juana se quedó con Negro Smith para hacerse compañía. Si yo estorbaba, les dejé el camino libre. Dejé también un entierro arreglado y pagado. Lo que no pude tener en vida, lo agencié para la muerte. A lo mejor tuve que dejar el dinero a Juana y Negro. ¿Fue eso lo que dejé pendiente, por lo que mi velocidad de escape no alcanza aún la velocidad de la luz? No prolongué inútilmente mi estancia en la tierra, no dejé, que yo sepa, deudas pendientes, así que tendré que indagar por qué sigo aquí, por qué no consigo expansionarme en el universo. Tiene que ser otra cosa: algo relacionado con esos dos oyentes, esos críos que siento tan cercanos y que no conocí en vida. Terminaré descubriendo esas dos cuestiones: la energía afín a mí que quiere fusionarse a la mía y qué tienen que ver esos jóvenes conmigo.

COMEMOS POR placer y por alimentarnos, pero hay algo más. Con la comida agasajamos, demostramos nuestro interés hacia los invitados, se negocia en ellas e incluso se trapichea. No es lo mismo compartir una hamburguesa que preparar unos suculentos aperitivos, un buen primer plato, un segundo y a veces un tercero, y luego un exquisito postre, regado todo ello con distintos vinos, para finalizar con un licor de hierbas, un café y, después, alcohol. Si tenemos interés, agasajamos con nuestras mejores especialidades, y si los comensales se presentan sin avisar, serán bienvenidos y de inmediato improvisamos un aperitivo, rascamos la despensa o la nevera o echamos más agua al puchero para conseguir saciarlos. Esta es nuestra cultura.

Y cumplimos con el deseo de Hércules. Trabajamos mucho para que así fuera. Aquella comida fue un auténtico homenaje tras su muerte, tal y como fue su voluntad. Resultó ser muy previsor. Para los amigos de Hércules pasó al imaginario colectivo como «el banquete». Siempre que se ha recordado, se ha hecho bajo esa denominación. En aquella ocasión también recayó en mí contar parte de su historia, quizás porque no formaba parte de su círculo estrecho de amigos, y eso da un punto de vista de observadora imparcial, de testigo de su vida. También por ser periodista y porque Montse me lo pidió. Las lagunas que entonces tenía sobre su vida fueron rellenadas por sus amigos aquel día. Es difícil hacerse una composición veraz, fue un puzle en el que encajé distintas piezas y terminé con una visión de conjunto, como espero que hagáis vosotros al final. Sé que lo que yo pueda contar sobre Hércules no coincidirá con lo que otros digan, pero a mí me tocó poner la historia sobre el mantel. Ahora es para vosotros. Estáis a punto de descubrir vuestro pasado y si hasta ahora habéis venido a verme, si habéis querido que continúe, es porque intuís que ha sido muy importante en vuestra vida.

Volviendo al banquete: nos despedíamos de él y a la vez celebrábamos haberlo conocido. Ya sabéis, el muerto al hoyo y el vivo al bollo. Más vale un toma que dos te daré. ¿Cuánto hace? Es muy fácil calcular: vuestra edad. Faltaban unos meses para que nacierais. Ahora el mundo parece distinto, muy distinto del que viví en mi juventud; me siento extraña, ajena a él, ya no soy partícipe, intento sobrevivir sin que me salpiquen más sobresaltos. Una sola vida aglutina muchos cambios, va todo muy deprisa, no da tiempo a digerirlo, mi mente no es capaz de seguir tanta dinámica, tanta tecnología, tanto desatino y destrucción. Nací en un mundo dividido en bloques, con el telón de acero y el muro de Berlín. Ahora el mundo se mueve en unas coordenadas difíciles de entender para una mente como la mía, con la sensación de que lo que viví se ha desmoronado, los imperios cambian, el planeta está en crisis, los trabajos no son lo mismo, lo insospechado y la incertidumbre parece que han venido para quedarse. Todo es muy vertiginoso. A lo mejor anteriores generaciones, al llegar a su vejez, tuvieron la misma sensación que yo ahora, pero eso no consuela.

Desde el punto de vista de la sociedad, Hércules no fue un triunfador. En cambio, desde sus aspiraciones, desde su filosofía de vida, sí. Consiguió lo que quería, ser barrendero. Y muy bueno, por cierto. Mantuvo su oficio hasta el final. De apariencia simple, poca cosa, más bien callado, consiguió reunirnos en aquel barrio al que llegó siendo muy joven. Decidió el menú, que fue preparado por los antiguos cocineros del albergue bajo la supervisión de Negro Smith. No faltaba nada de lo dispuesto en la carta, a lo que añadimos una enorme tarta en forma de escoba, pagada por Montse y por mí. Reprodujimos su apero principal de trabajo. Un gran brazo gitano a modo de palo y una tarta rectangular de yema tostada como base de la escoba, donde los estambres estaban hechos con hilos de chocolate. Era tan grande que se podía repetir. Aprovechamos para contar su vida, una parte que sabíamos y otra que fui reconstruyendo con información de unos y otros. Elaboré un Hércules para la posteridad. Una historia creíble y adornada que os he ido ofreciendo. La memoria sirve para construir personajes a tu gusto, tal y como quieres recordarlos. Pero a la esencia le soy fiel. Si no, no tendría sentido que os lo contara, para eso hubiera escrito una novela.

¿Vuestro interés? Estáis a punto de descubrirlo.

Para cumplir el deseo de Hércules tuvimos que solicitar al Ayuntamiento y al antiguo director que nos dejaran abrir el comedor y las cocinas del albergue. Los anteriores contactos municipales, así como la insistencia del exdirector en que nos atendieran, bajo múltiples argumentos, entre ellos que se había encargado de la limpieza del edificio, posibilitaron su apertura para la comida. Hubo que adecentar las cocinas, buscar mesas y sillas, limpiar suelos, pero esto, en el fondo, fue un problema menor. Y el Ayuntamiento, un ente abstracto que carece de sentimientos, vio la excepcionalidad del motivo y accedió. Fijaos si llegó a ser importante. ¿Habéis visto alguna vez una escultura en la calle de un barrendero? Se hizo como homenaje a él. Nos dejó un aroma a jazmín y madreselva, una bonhomía que impregnaba su alrededor, como una ola de mar que eleva el barco de la inteligencia humana por encima de los demás. Y si hay algo que he ido constatando a lo largo de los años, es que la bondad supone la mayor plasmación de la inteligencia humana, acaso la parte más noble de ella.

Al principio estábamos serios, un poco cohibidos por la solemnidad de la ceremonia, por la tristeza de su muerte y lo insólito de su invitación. Sabíamos que después esparciríamos sus cenizas, de urna presente. Pero cuando llegamos a los postres, el ambiente se relajó mucho. Sus amigos querían hablar, el tono de las conversaciones en las mesas se fue elevando, corrían las risas y los chistes, como suele ocurrir en las celebraciones, de todos es sabido que el vino afloja la lengua y aviva el sentimiento. La tristeza inicial dio paso al jolgorio.

Estuvieron sus amigos: Rufo, los jóvenes de los festivales de rock con Juanjo a la cabeza, Pepe el Tuercas,

Flametti, por supuesto Montse y yo, Juana y Negro Smith y otros muchos que no conocía. A los postres apareció el director del albergue. Fue sorprendente. Si cuando ejercía su cargo nadie se levantaba al entrar él en el comedor, en aquel momento, cuando había perdido toda autoridad y los comensales vimos a un hombre encanecido, con la mirada más perdida que nunca, que andaba con las piernas abiertas como si estuviera escocido por efecto de su gran barriga, en ese momento, insisto, los comensales nos pusimos en pie para estrecharle la mano mientras le decían: «Buenas tardes, señor director». Este, al verse tratado como nunca lo habían hecho, se emocionó tanto que apenas pudo balbucear palabra y fue a sentarse en una silla libre, donde le sirvieron una copa de cava y un trozo de tarta. Y llegó justo a tiempo para saber qué había sido de Hércules, al que había perdido la pista.

EL PRIMERO que habló fue Pepe el Tuercas, con su acento castizo tan característico:

«Lla-mad-me el Tuer-cas. Pepes hay muchos, pero Tuercas solo uno, desde que hace años sin apenas dinero en el bolsillo, decidí aprender el oficio de fontanero para independizarme de mis padres. Recorría a mis anchas las casas del barrio y al final del curro me sentaba en un banco a leer el periódico con un *truja* ya hecho, tomarme una caña en el bar o encontrarme con los amigos en alguna esquina.

»Me encontré con Hércules mientras barría un descampado que él llamaba Moscú o Bratislava o Fénix-Arizona dependiendo de lo que le tocara. Todos sabéis que ponía el dedo en el globo terráqueo con los ojos cerrados. Yo estaba leyendo el periódico en un banco, que seré fonta, pero lo del diario es una manía inculcada por mis viejos, unos socialistas de los antiguos, amigos de tipógrafos y de imprentas clandestinas. Eso heredé de ellos. Eso y la casa donde vivo aquí en Distrito Sur que yo de albergue o casas de acogida nanay. Como me gusta saber qué pasa en el mundo coincidimos en eso: él barría países o ciudades y yo le contaba cosas de esos lugares, cómo era el Rif (allí estuve de muy joven cuando hice la mili, que me tocó por el norte de África). Ah, África, qué continente. Yo conozco lo de arriba, el Sahara y también Ceuta y Melilla y algo de Marruecos y es que a mí me ponen una chilaba y paso por uno de ellos. Que hubo uno que se enfadó conmigo y todo porque no chamullaba árabe como si fuera un desprecio, y yo, claro, ponte a contar al morito que no sabía ni papa. Vaya, que no me creyó. Si es que todos venimos de allí y más nosotros los españoles, pura mezcla. Si tenemos de todo. Que se lo digan a Negro Smith, que es como la noche, centroeuropeo y de madre española. O a mí, color tabaco y pelo rizado. Perdón, me estoy yendo por las ramas, pero no del todo, porque de todo eso hablaba yo con Hércules, que siempre le gustó mucho aprender. Yo me reía mucho con Hércules nunca de él, que conste, no sé, siempre me cayó bien. Sé que muchos se burlaban de él por esas ideas suyas tan extrañas de querer barrer países y de ver mapas sobre el asfalto, eso hacía él, barrer con poesía, aunque nunca llegó a los niveles de Enrique, el borracho poeta, que lo que soy yo en este albergue he visto mucho arte y siempre que he ido a currar me han alegrado los oídos con un poema, una canción o un papel, aunque fuera pequeño en una obrilla de teatro. Que, para los que no lo sepan y lo puedan entender, voy a continuar hablando, con su permiso de todos ustedes.

»Ah, el destino. El destino hizo que se juntaran Hércules, Enrique, Juana, Flametti y Negro Smith. O dicho de otro modo Buenos Aires, Los Alpes, Praga, Distrito Sur y una aldea de puercos. Enrique no vivía en el albergue sino en la calle y pedía poco dinero y solo para beber. Era el bolinga del barrio. No le gustaba dormir bajo techo, se agobiaba. Cuando venía una ola de frío y llevaban a todos al albergue él se resistía y decía siempre lo mismo, si me encierran, me muero. Y dale con esa matraca como si el albergue fuera una cárcel. Bueno, algo sí. Tenía un colchón y un edredón que alguien le dio, de plumas decía, bien calentito, que escondía en el hueco que hay entre las columnas de la fachada de la iglesia. Nunca le vi beber vino, siempre cerveza y en qué cantidades. Era simpático el hombre, sabía que la simpatía y los ripios eran lo que le hacían sobrevivir en el barrio. A veces, a cambio de una moneda, te soltaba un rimado, si eras hombre, decía que para un colega, si eras mujer, decía para una belleza que pasa por la calle; si se sabía tu nombre, lo incluía en él y si decía Pepe, soltaba una rima como mete trueque repente; si decía Tuercas, siempre sacaba las Villuercas y eso le daba pie para meter a Hércules que como rimaba con pocas cosas, se pasaba al apellido y después de León, ahí sí, que si corazón bombón pasión. Tenía dos o tres versos hechos a los que cambiaba alguna palabra pero eran los mismos que adaptaba a una y otro. Como dicen los andaluces, *cucha,* qué arte tenía el tío. A cambio de su recitado terminabas con él en el bar aunque eso no era pedir, era intercambio. En el barrio decíamos que vivía de su arte, del arte que tenía para caer bien el jodío, para recitar aún con la lengua hecha un nudo y con los ojos cristalinos de todo lo que llevaba encima. Su hogar era un árbol, el del alcorque redondo, el más grande del barrio, el plátano de sombra más antiguo, y solía acostarse a dormir la curda durante el día a su alrededor haciendo cuchara con él; escribió una frase en un cartón: "Hogar dulce hogar" y lo tenía clavado en medio del tronco. También tenía otro cartón más grande con el que solía pasearse con una frase que lo hizo popular: "¿Alguna chica bonita quiere a un tío feo para que nadie te lo quite? ¿Y si tú no lo quieres? Tú te lo pierdes, corazón de melocotón. Gracias, una voluntad".

»Un figura. Entraba en los bares y caña aquí caña allá y lata de cerveza también, terminaba con una melopea considerable. Las tardes las pasaba durmiendo. Nunca le vimos comer y de sus noches nadie sabe nada. De dónde venía, cuál había sido su vida anterior para defenderse en la calle de aquella manera nadie lo sabe. Cuando iba beodo todas sus fuerzas las concentraba en caminar sin caerse, la dignidad ante todo.

»Era como un gato, solo que después de su séptima vida desapareció. Nos temimos lo peor y nuestras sospechas se confirmaron el día que en el árbol-hogar de Enrique apareció un cartón atado con cuerda al tronco que ponía: "Alguna chica bonita se ha llevado a un chico feo para que nadie se lo quite". Habían pintado un corazón y el alcorque se llenó de flores, velas, latas de cervezas y porros. Nadie volvió a dormir en él».

Pepe el Tuercas había bebido bastante a lo largo del banquete y continuó hablando durante un buen rato. A mí me vino bien, así que dejé que continuara. Yo seguía tomando notas, él quería hablar de Juana, la mujer más importante de la vida de Hércules, acaso la única después de su madre:

«Pasar por el mundo sin conocer el amor es una desgracia, no saber lo que es fundirse, dejarse llevar, explotar como el universo y perder la cabeza. Juana escribe teatro ahí donde la veis. La Juana está todo el día dale que te pego recortando artículos de periódicos viejos y escribiendo con letra de pulga para que le dure más el papel, anotando en márgenes de revistas. Una vez nos animó con lo que había escrito para que hiciéramos una función. No me acuerdo de qué iba, lo de siempre, un dramón, todo el mundo engañao, lo que sí me acuerdo es que en el reparto estuvimos Negro Smith, Enrique, Hércules y yo. Flametti fue el director. Las mujeres del albergue no quisieron actuar, así que a mí me tocó hacer de asesinada, total, era un papel pequeño y me mataban enseguida. Era algo como policiaco, no sé. Yo de teatro no entiendo mucho. Ahí fue cuando la Juana y Hércules se enamoraron. Vaya carita de tórtolos ponían. La verdad es que Juana tiene ojos que enamoran y Hércules se prendó de ella. Ah, ¿que no fue así como se enamoraron, que fue en las fiestas del barrio? Puede ser. Aunque también podemos pensar que ocurrió el día que Hércules barrió Buenos Aires, con las jacarandás en su explosión de flores azules y Juana sentada en un banco en el barrio de SanTelmo».

—*E ALLORA io voglio parlare...*

—¡En español, espagueti! —gritó alguien.

—¡*Io non so spaguetti, io so Flametti, il grande* empresario *teatrale!*

—Sí, sí, lo que digas, *parla, parla,* que, si no, revientas, pero hazlo en cristiano.

Flametti hizo caso omiso al comentario y tomó la palabra para contar sus grandes hazañas en el norte de Italia, cuando su vida transcurría entre los teatros de Milán y Turín, cuando salía en la prensa y le pedían autógrafos por la calle, cuando fue nombrado el hombre del año, no importaba cuál, ni si era verdad o no. Ninguno de los presentes estaba dispuesto a viajar hasta Italia para comprobarlo, con lo cual todas sus aventuras podían quedarse en el imaginario colectivo, así como lo que fue contando de sus avatares posteriores, que ocurrieron estando por primera vez de gira en España, sin llegar a actuar —qué astuto el Flametti, lo dejó bien claro para que nadie pudiese averiguar lo contrario— porque según desembarcaron en la primera ciudad con puerto les robaron los baúles con el vestuario, los decorados, el dinero y hasta el contrato. Otra compañía los suplantó y no tenían documentación que atestiguara que ellos eran los genuinos y no aquellos fantoches que estaban en cartelera. El resto de los actores decidieron volverse, pero él no, el gran Flametti tenía que reclamar justicia, llevar a los tribunales al empresario que los había contratado e intentar averiguar quién había sido el chorizo que dio aquel golpe de mano.

«*Pero queste* país *e pericoloso, niente de niente, io non* supe quién fue el empresario *teatrale, io non* supe *niente* de la vestimenta. Decidí viajar hasta *questa città per un lavoro, ma io, con la mia esperienza,* fui rechazado *per tutti. Io,* que fui tratado como un príncipe, *io,* que he *dormito nei palazzi, io,* terminé en un banco de la *strada, dove* me encontró el grande Hércules León. *Non* era grande *del suo fisico, no, ma sì della sua bontà. He vivito* en la *strada, he vivito* en el albergue*, ma non lo so* ahora *dove* vivo ni si *parlo* en italiano, en castellano o en una *mescolanza di due idiomi. Ma in fin dei conti, spagnoli e* italianos, primos hermanos. Hércules fue un grande *amico* mío, pacífico, *non pericoloso,* él estaba *atenti sempre* cuando *io* contaba *la mia vita* anterior o cuando recitaba *uni versi* de Shakespeare o *della* comedia del arte, él *sempre, sempre scoltaba.* Él, a cambio, relataba los viajes de la *sua imaginazione e volare, volare, e cantare, cantare... allora nessuno* me escucha y el viejo Flametti, *il grande* empresario *teatrale,* tiene un oficio *nuovo, ma anche* para *facere felice* a la gente, como ladrón que reparte entre la gente *povera.* Una *piccolissima* pizca de *felicitá.* En *questo albergo* tuve la *oppor-*

tunità de una *nuova* compañía *teatrale,* con Negro Smith, que llegó a hacer un Otelo, y con Juana y Hércules como Romeo y Julieta. Ah, *quanta felicità perduta...*»

—Eh, espagueti, que eso ya lo sabemos —volvió a gritar una voz entre los comensales—. Si no tienes más que añadir, deja que otros continúen con su historia.

CUANDO JUANA pidió la palabra el día del banquete, todos nos callamos. Con ella se acabarían las cuchufletas sobre los cuernos del barrendero y yo activé mi grabadora. Ha caído en desuso, porque se puede grabar con el móvil, pero aún conservo lo que dijo. Vais a oír por primera vez la voz de Juana. También la de Negro. Lástima que no tenga grabada la voz de Hércules:

«Yo siempre tuve la fantasía de que dos hombres hacen un completo. Ellos, mi Hércules y mi Negro, me han dado la poca felicidad que he conocido en estos años. Llegué a este país siendo una pibita, terminé en la calle cuando no quise, tuve momentos malos y buenos, me afanaron y me ayudaron, escribo teatro y vendo poemas en la puerta de los cines y, cuando entre Hércules y yo decidimos hacer ramitos de flores en primavera, también sacaba algo más de plata. La manduca asegurada, la ropa de la oenegé, y una vez alguien me regaló una pollera relinda que me puse para el baile, el día que conquisté a Hércules. Vos pensarás que nuestra situación no es la normal, pero che, viste, no es normal tampoco cómo estábamos viviendo y la carne es la carne y las penas son las penas y las cuitas son las nuestras.

Una piña hace más que piñones sueltos y eso somos. Y la verdad, me sentí macanuda, el centro de los dos, la mina que les comprendía, los paraba cuando se ponían gallitos y balsamaba sus heridas. Eso sí, a partir de aquel momento, para *coger* decidimos que el otro se ausentara. Sacaba tiempo cuando mi Hércules laburaba, también cuando mi Negro descargaba o llevaba alimentos. Las más, dormíamos juntitos los cuatro, porque el chucho Ulises daba calor y el local era frío, por más que intentáramos calentarlo.

»Pero el dolor de cabeza que mi Hércules empezó a sentir el día que nos pilló *cogiendo,* no quiso desaparecer. Primero lo sentía solo cuando estaba en tensión, cuando le venía al coco lo malo, que eran pocas veces, porque era rebueno el tipo. Solo en pocas ocasiones lo vi enojado, iracundo, y acto después, arrepentido y calmo. El corazón no entiende de moral, solo de sentimientos. Pero ah, el dolor de cabeza... yo intentaba animarle, me ponía linda para él, le gustaba el color de mis ojos, también a mi Negro, que ahora es el que me queda. Me siento incompleta, partida a la mitad y lloro, lloro con mi Negro, lloro con Ulises, lloro todo el rato. Y quemé la pollera que llevaba puesta el día aquel... ¿Quién nos va a juzgar?, ¿eh? Vos no, ni tampoco vos, ni vos, ni nadie. Sí, señalo con el dedo porque me sé todas las vidas, no mejores que las mías. He tenido lo que ustedes no, amor por partida doble. Y quien tenga envidia que se rasque. Para juzgar, vayan a por todo ese cambalache de estafadores, ladrones de guante blanco, blanqueadores de dinero de la droga que se van de rositas. O de empresarios, banqueros, gobernantes y tunantes, que nos quiebran el alma.

»Ellos en cambio, me protegieron, nadie se atrevió a acercarse con malas intenciones ni me volvieron a robar. Aquí donde me ven, aquí la Juana, la Cheviste, como me llaman, establecí normas de convivencia, urbanidad en la comida e higiene en el comedor mendicante. Me encargaba de los dos, cosía el dobladillo de sus pantalones y los botones que necesitaban, y juntos hacíamos planes para cuando tuviéramos una casita cerca del mar o en la montaña o en un pueblo, ya nos daba igual. Por la noche les hablaba de mi tierra natal, de los jacarandás en flor, de la plaza de San Telmo, del río de la Plata, de su color, sus aires, los bandoneones y el tango. Les hablaba también del mar, de que nadaríamos juntos y nos rebozaríamos en la arena, les enseñaría a hacer castillos, figuras, volcanes, aunque mi mar fuera un mar-río. Mientras, fuimos arreglando el local, conseguimos una alfombra en no muy mal estado. Unos palés, estanterías, cajones como sillas y hasta sábanas que nos dieron sirvieron para el acomodo del hogar. Eso nos tocó en suerte.

»Cuando llegaba la primavera, recogíamos flores silvestres en los descampados para hacer ramilletes que luego yo vendía por las calles. De aquellos ramos reservaba uno, que Hércules llevaba a primera hora todas las mañanas a la mesa que Montse tenía en la oenegé. Margaritas, campanillas, amapolas a las que quemaba el tallo con un mechero para que duraran más, flores de cardos, lirios y ramas de romero componían un conjunto que, con mi gracia para armarlos, se había convertido en mi otro laburo, los vendía a cambio de un euro. Yo miraba fijamente al supuesto comprador y funcionaba. Con los poemas de amor, algo más de plata. Mi Hércules dejaba el ramo en la mesa de Montse antes de que llegara. Ella supo de quién era por sus compañeros, pero disimulaba como si fuera un admirador anónimo, formaba parte del juego. Si no hubiera sido así, hubiera llevado el ramillete a otra hora, cuando ella estuviera. Pero se trataba de mostrarle agradecimiento y le producía la suficiente timidez como para entregarlo en mano. Luego Hércules se iba a su laburo, a barrer el Triángulo de las Bermudas o la Patagonia o La Pampa argentina... y en esos días, al llegar al local, yo le narraba cómo eran, con sus gauchos y todo.

»Sé que a Montse le hubiera gustado agradecerle el detalle, pero pensó que si lo hacía, si se daba por enterada, rompería el hechizo que aquel ramillete tenía para él. Y también para ella. Porque la Montse no pasaba un buen momento, haber perdido sus privilegios, sentir que la habían rasurado por abajo, el reverso de nuestra moneda, como los carceleros y los presos, todos encerrados. También nosotros lo estábamos. Nosotros y ella. Montse venía al local a jugar al mus con nosotros, que le encantaba, y no a supervisar o ver si faltaba algo. Su hachazo en la vida la puso a nuestro nivel y no nos juzgaba. También ella había estado marcada, quizá por eso su obsesión de trabajar para los demás. Esta es nuestra Montse, tampoco está muy lejos de nosotros. Es la otra cara de la moneda, sin nosotros ella no es. Sin ella, nosotros tampoco. La sentimos como parte nuestra, aunque no viva en la calle. Y sí, para todos fue una sorpresa descubrir lo que Hércules había ahorrado para su entierro. No lo sospechábamos».

NEGRO SMITH se puso en pie después de que hablara Juana y nos dijo lo que más de uno habíamos pensado:

«Con todo ese dinero gastado en su muerte y en la comida, Hércules podía haberse pagado un viaje al mar o haberse buscado otro lugar para vivir cuando enfermó. Pero no quiso hacerlo. Escogió otro modo de morir, ya que no tuvo otro modo de vivir, se montó un funeral ilustre, lo que se merecía. Cuando la gente en la calle vio pasar el coche fúnebre, con todas las coronas y las limusinas de cristales opacos detrás, debieron de pensar que viajaba como poco un marqués, y sí, era el marqués de los barrenderos. Murió como había escogido y fue una sorpresa encontrar los recibos del seguro para su entierro que había ido pagando. Ahora, las mismas limusinas nos están esperando en la puerta y en ellas iremos por Distrito Sur a esparcir sus cenizas. ¿Por qué no nos dijo nada? Seguramente porque no sabía que Juana estaba preñada».

Eso fue lo último que dijo Negro Smith aquel día. Nuestra última sorpresa. Juana no sabía cuál de los dos era el padre y habría que esperar al parto. Decidió no decir nada por la enfermedad de Hércules. Se lo contó a Negro Smith cuando ya había muerto, porque lo importante era que no sufriera y asistirle hasta el final. Sabía que no se iba a reponer y a lo mejor le entraba la angustia por no saber si era suyo o por no verlo crecer.

De haberlo sabido, quizá se habría arrepentido de pagarse un entierro de lujo, de haber querido redimir con la muerte lo que nunca tuvo en vida.

Podéis pensar que Hércules no tuvo suerte, pero conoció la felicidad, si entendemos por esta el cómputo total de su vida, incluida la forma de morir. Fue una buena muerte, decidida por él, sin tratamientos agresivos y dejándonos para el recuerdo una gran comilona. Lo que tuvo que ahorrar y barrer para conseguirlo solo él lo sabe. Si sacó dinero de otra parte, no os interesa. Si los demás, incluso sus más fieles amigos, no supieron nada de sus intenciones, merecido estuvo por no haberle prestado más atención, por pensar que un barrendero no tendría derecho a una despedida con todos los honores.

Tras el banquete, con el director del albergue a la cabeza, recorrimos en limusinas las calles de la ciudad. Fachadas de edificios ilustres, museos, grandes avenidas de lujo. Al finalizar, desembarcamos en pleno Distrito Sur, como si fuera un puerto de mar. ¡Qué revuelo se montó! Una muchedumbre expectante vio cómo depositábamos parte de las cenizas en los alcorques. Después subimos todos en procesión a la pequeña colina del parque para que Negro y Juana esparcieran el resto al viento.

Juana parió unos meses más tarde unos mellizos preciosos, vosotros. Otra sorpresa, uno mulato, otro blanco. Ya sabéis por qué sois tan diferentes.

PERCIBO EL convite, ahora que ella lo está contando, con más intensidad que cuando ocurrió. Entonces apenas lo noté, todavía estaba trasportándome a esta parte del universo y ahora hay una energía nueva, que viene a mi encuentro y se está fusionando con la mía. Es Montse. Lo siento así. La parca ha ido a visitarla, es ella quien ha muerto en el mismo día que yo, aunque haya sido mucho después. No puedo calcular el cómputo de años, mi mente ya no funciona así, mi energía se mueve por otros parámetros. Siento que todos los elementos forman parte ahora de las mismas coordenadas y hay una fuerza que me atraviesa y posee. Montse está aquí. Montse está cerca, su energía me transforma y me deja comprender. Montse se está fusionando conmigo y transmite en un solo segundo, con la fuerza de un rayo cósmico qué fue lo que perdí, lo que dejé pendiente. Ahora lo siento con toda intensidad. Fue algo que ni yo mismo sabía, cómo iba a sospecharlo, no hubiera invertido el dinero ahorrado en mi despedida, lo habría destinado a ellos, a esos dos chicos que son la continuación. Es lo que dejé pendiente. Ella me lo transfiere, sé lo que ha ocurrido, quién se encargó de ellos, y su amiga tendrá que hacerlo ahora. ¿Cómo se llamaba? No me acuerdo, no le presté demasiada atención en vida, me resultaba fuera de mi mundo, con ciertos aires que no supe a qué se debían ni lo que veía Montse en ella para estar tan unidas. Pero ahora intuyo que todo depende de ella. ¿Qué habrá sido de Hércules y Juana?

MONTSE ME llamó, pasado el tiempo. Estaba ya muy enferma. Fue aquella tarde en que, al llegar yo, os mandó salir de la habitación. Cogí sus manos entre las mías, las acuné, esas manos que habían hecho tanto, las manos, lo primero en lo que ella se fijaba. Estaban apergaminadas, secas, a punto de perder toda la vitalidad que habían contenido. Me eché a llorar. Fue ella quien me dijo: «No hay tiempo para eso». «Perdóname», le susurré. «Tampoco hay tiempo para eso», contestó. Me dolió, pero la entendía. Otra vez mi egoísmo, dispuesta a que me perdonara, a salvar mi mala conciencia antes que escuchar lo que tenía que decir: «Prométeme que te encargarás de ellos». «Lo prometo», dije. «Júralo.» «Lo juro.» Me hubiera gustado hablar de otras cosas, de mi arrepentimiento, pedirle perdón por haberla dejado sola, por no haber estado a su lado para cuidaros, como ella me pidió. En aquel momento nada de eso tenía importancia: se estaba muriendo y le preocupaba quién os iba a contar lo que sucedió, quién se encargaría de vosotros después. Sois muy jóvenes aún para enfrentaros solos al mundo.

Fueron los celos. Los celos me mataron. Oficialmente alegué otra excusa: con vosotros dos en casa, esta se quedaba pequeña, pero no fue esa la verdadera razón. Podíamos haber seguido viviendo juntas, como si nada, como madre y madre, una vez que os solicitó en acogida y después en adopción. Pero en aquel momento no acepté la rivalidad. Ella me iba a desatender y yo no estaba dispuesta. Es lo que pensé en aquel momento, lo que me hizo tomar la decisión de la que me he arrepentido el resto de mi vida. La decisión fue mía, el error solo lo cometí yo, me marché al entrar vosotros y eso fue el inicio de nuestro distanciamiento. Montse no me lo perdonó. Y no quiero ser moralista, analizo los sentimientos humanos como los que paralizan o activan, aunque los resultados sean desastrosos. La envidia, por ejemplo, es activa: por envidia puedes matar, como hizo Caín con su hermano. Yo tuve envidia y celos de dos personas indefensas, vosotros, apenas unos niños de dos años, casi bebés. Pensé que me quitaríais el puesto de privilegio con Montse. Todos mis intentos posteriores de acercarme a ella fueron infructuosos. Cerró puertas y ventanas. Yo me quedé fuera. Y el rencor creció como la madreselva. Solo cuando pasó el tiempo y enfermó, me pidió que fuera yo quien os contara vuestra historia. La pérdida siempre duele, duele la pérdida por la muerte, pero no sé si duele más la pérdida en vida. La muerte cierra el ciclo y te permite idealizar a la persona muerta, hacer de ella un todo cerrado, resaltar o recordar lo que te interese o lo que mejor te convenga, porque nadie puede contrastarlo. Pero la pérdida en vida es una herida abierta que no cicatriza. Ambas son difíciles de superar y a veces decides que no quieres hacerlo, que lo único que quieres es aprender a convivir con ello.

EN MIS sueños, los muertos no tienen orejas. Se conoce que no necesitan oír, o que lo hacen de otro modo. Pero tampoco necesitan oler y en cambio tienen nariz. Lo de la boca lo entiendo: nos hablan, nos prestan palabras, actitudes y sensaciones, mueven labios, sonríen o están tristes. Montse lloró el otro día, por la noche, cuando yo estaba en la cama, con los ojos cerrados. Yo le preguntaba qué le pasaba y entonces lloraba más. Iba vestida como cuando era joven, cuando me fijé en ella por primera vez, pantalones campana y blusón hindú, no usaba sostén. Llevaba la melena larga, con raya en medio y una cinta de cuero que le atravesaba la frente. Tenía una bandolera y su mochila, la de las excursiones. Yo, en cambio, estaba como ahora, vieja. Cuando acabó de llorar me dijo: «Qué triste, qué mayor eres ya ¿cómo vas a cuidar de ellos?». Montse acude mucho a verme. Con ella son sueños tristes, solo aparece con mi nostalgia del amor perdido, el que dejé escapar por vanidad u orgullo, acaso por egoísmo o celos, no sé bien cómo definir aquel error, mi gran error, mi tremendo error. Ya había sido madre, no quería repetir la experiencia con niños ajenos. Cuando sueño con ella quiero alcanzarla y no puedo, me despierto angustiada y con los ojos irritados. He debido de llorar en sueños. ¿Se puede hacer? Pero los muertos también nos hablan con sus huesos, bajo tierra, de un modo distinto, según como fuera su muerte. Eso ya os lo he contado, no quiero repetirlo, no hasta que la herida de este país cicatrice.

Soy una vieja maloliente y estúpida, con una pensión que recuperaría si abandono la residencia. La vida suele tener grandes dosis de incertidumbre, pero desde el virus global ha dado un salto de rana, un salto de trapecio, un ale-hop, y se ha instaurado en nuestras vidas, se va magnificando por meses. La distopía nos está dando de lleno, sobre todo a una generación que nos consideramos afortunada, que vivimos el fin de la dictadura, que lo que hicimos y soñamos había servido para algo, que nos fue bien buscando culpables y progresamos; no hemos vivido una guerra y pese a las crisis nos quedaron jubilaciones, hemos sido la primera generación que ha vivido en paz en cientos de años de historia en nuestro país. Pero el golpe ahora viene por otra parte. Reflexiono mucho sobre ello. No hemos pensado en el planeta, en su devastación. Cuando el permafrost de los polos termine por calentarse y libere bacterias congeladas desde hace millones de años que van a ser, además, inclasificables, entonces veremos. Nuestra extinción se aproxima y quizá sea lo mejor para que otras especies sobrevivan. Los bisiestos tienen mala fama, pero aquel se llevó los pronósticos de todos los anteriores, y eso que era un número bonito. Felices años veinte, decíamos rememorando el siglo pasado. El golpe que nos llevamos nos metió en otra realidad, cruda, brutal, llena de muerte. He dejado de entender, esa parte racionalista mía que intentaba analizarlo todo se ha muerto, no existe más. Ahora me dejo llevar por los sueños, la intuición, las sensaciones del sol en la piel, de un perro por la calle si se deja acariciar, de un bebé en su cochecito al que hago una carantoña. Y, pese a que el mundo parece que se desmorona, de repente siento que aparece la belleza en un día que se vuelve mágico, con el cantar de un mirlo, los gorriones recogiendo migas de pan, las mimosas que anuncian la primavera y, sin más motivo, el espíritu se me ensancha, el optimismo me sacude y una sonrisa se insinúa en mi rostro. Tengo mis recuerdos, mis sueños y evocaciones, son mi tesoro. El pasado siempre está en nosotros. Cada uno tiene el suyo. La muerte de Juana y Negro fue extraña, una mañana en que Montse se había acercado a veros y os sacó de paseo un rato, os iba a comprar un juguete, una chuchería, algo, como hacía a menudo. Tras la muerte de Hércules se había afianzado un vínculo entre ella y vosotros, los mellizos nacidos a un tiempo y tan distintos, uno mulato y otro blanco. Al regresar del paseo encontró la estufa de gas abierta, un sueño plácido, nunca se supo si fue voluntario o accidental. Menos mal que erais pequeños y no podéis acordaros. Pero ella no os podía abandonar, Montse asumía las situaciones hasta el final, no se rendía. Fuisteis a un centro de acogida hasta que arregló todo lo necesario para seguir encargándose de vosotros. Yo no lo hice. Entonces no asumí esa responsabilidad y, en cambio, ahora soy la única testigo, el único eslabón con vuestro pasado. Ahora puedo reparar el error que cometí. Depende de vosotros el que queráis aceptarme como parte de vuestra familia, de esa familia que se va incorporando a la biológica. Estáis solos, estoy sola. Podemos unir nuestras vidas durante un tiempo, hasta que podáis salir del nido y echar a volar. Aún estáis aleteando.

ESTE LUGAR es en realidad un contenedor de energía precaria. Pero ahora que siento que me estoy fusionando con Montse, crece la fuerza y quizá seamos capaces, por fin, de expandirnos hacia el universo. ¿Quién me lo iba a decir? Pensé en encontrarme con Juana y con Negro, uno de mis consuelos fue decirles que les esperaba por aquí, pero no, de nuevo me ha tocado ella. Con su energía, podremos traspasar la velocidad de la luz, los dos hemos resuelto lo que dejamos pendiente, yo sin saberlo, ella haciéndose cargo. Es justo que la acompañe. Ahora todo está resuelto, sé lo que dejé pendiente y percibo una fusión energética, salimos de esta prisión cósmica, nos expansionamos. Que cada uno, a partir de ahora, siga su camino. El nuestro, el de la Montse y el mío irán juntos. A lo mejor nos fusionamos con otras energías por el camino, a lo mejor estallamos, quién sabe, solo nos queda viajar y comprobarlo. A lo mejor tenemos ya la suficiente energía como para visualizarnos ante los vivos, como fantasmas, parecidos a los neutrinos, esas partículas sin apenas masa, capaces de atravesar cualquier cosa, por sólida y densa que sea, sin chocar con ningún átomo. Ahora siento que es como salir de una cárcel, como ser indultado, pero siempre errante.

FIN

AGRADECIMIENTOS

A Elena Cabezalí, Begoña Alonso, Isabel Cienfuegos, Carola Aikin, Pilar Gómez Esteban, Yolanda González y Hortensia Galí, porque sus aportaciones y críticas sirvieron para mejorar esta novela. A Marta Julbe, que creyó en esta historia desde el principio. A Montse Galí, por lo que un día me contó, embrión de lo aquí narrado. Al «tito» Miguel Ríos, por su incondicionalidad hacia mí. A Jaume Sisa por sus fabulaciones galácticas; a Joan Català, por su libro *100 cuestiones sobre el Universo;* a Jaumet, Ching Hua y Ricard por potenciar los encuentros y conversaciones de astrofísica; también a Rosa, cuya nieta, la princesa Leia, viajará en un futuro al espacio: ellos iluminaron a Hércules en el universo. A Manuel Rico por su valoración y apoyo en momentos de baja moral literaria. A Lucía Hernández Canut, por estar a mi lado en mis innumerables dudas. A Fernando Clemot, por su amistad inquebrantable. A mi amigo Santi Vaquero, el Pedales, por la foto de portada y por los tiempos vallecanos compartidos. A José Ángel Zapatero, mi editor, por su complicidad literaria. Al colectivo de AMEIS, por la energía que emana y que hace más llevadero el arduo camino literario. A Ignacio, porque se emociona sin importarle parecer mujer. Y a Inmaculada Gallego, por su ayuda con el italiano.